逡巡の二十秒と悔恨の二十年

小林泰三

角川ホラー文庫
22888

目次

玩具

えらいことになってもうた。

みっちゃん、動かんようなってしもうた。

うちら、本気で落とし合いする気はなかったのに。ただ、面白がって、押し合いしてただけやったのに。

あの洪水の後、ここら辺りの工場は全部潰《つぶ》れてしもうて、かと言って封鎖もされてへんから、ずっと近所の子供らの遊び場になってた。うちらも小学校の頃から特に用事がのうても、ここに来てぶらぶらしてたなぁ。

世の中、廃墟《はいきょ》ブームとかなったから、ここも流行《はや》るかと思うてたけど、結局なんにも流行らへんかった。

今日も、特に用事ないし、みっちゃんと二人でぶらぶらしてたら、どぶの横でふざけて押し合いになったんや。

本気で落とす気はなかったし、万が一落ちても、下は水やから大丈夫やと思た。きらきらお日さんの光反射してたから、どぶの底には、結構水があるかと思たんや。わざと落とそうとは思ってへんかったけど、万が一落ちても大丈夫やと思てたから、わりと大胆に押し合いしたんや。二人とも、汗だくになって、はあはあと息切らすぐらい。

ほんで、うちがぽんと強めに押してしもうた。

みっちゃんは、バランスを崩して、わあわあ言うて、手をふり廻《まわ》してた。なんか漫画みたいやなぁと思た。

ほんなら、落ちる落ちる言うて、ほんまに落ちそうや、言うて。

うち、慌てて手ぇ伸ばしたんや。

そやけど、うちら汗だくやったから、みっちゃんの指摑《つか》んでも、ぬるって滑ってしもうた。

ほんま、ぬるってした。

えらい手ぇ、ぬるぬるするな、てずっと指擦《こす》ってて、顔上げたら、もうみっちゃんはいてへんかった。

周りを見ても誰もいてへん。たいていは子供の一人二人はいてるけど、今日に限っては誰もいてへんかった。考えたら、物騒なことやけど、ここは廃墟やから防犯カメラもなんにもない。

みっちゃん落ちた？

けど、下は水やから、大丈夫やろな。

うちは下を覗《のぞ》き込む前にまずみっちゃんを呼んでみた。

みっちゃん。

返事はない。

みっちゃん。

まだ返事はない。

もう一ぺんだけ呼んで、返事がなかったら、覗いてみよう。

みっちゃん。

やっぱり返事はない。

すぐにどぶの中、覗かんかったんは、やっぱり怖かったからやと思う。

うちはみっちゃんの名前呼びながら、ゆっくりとどぶの中覗いた。

みっちゃんと目が合《お》うた。

水はあんまり多くなかった。コンクリートがちょっと濡《ぬ》れているぐらいやった。ちょうど真昼間で、お日さんの光が真っ直ぐ差し込んでたから、深いみたいな感じに光ってただけやったんや。

どぶの底までは一メートルぐらいあったかもしれへん。

みっちゃん大丈夫か？

みっちゃんは返事しぃひんかった。目は開いてるけど、全然動かへん。

うちはもう一度周りを見たけど、やっぱり誰もいてへん。

しゃあないから、はしごみたいになっているところを探してそこからどぶの底に降りた。

みっちゃん。

みっちゃんはやっぱり動かんと、ずっと上を見ていた。
最後に見たの青い空やったんかな。うちの顔とは違うわな。
みっちゃんの頬っぺたに触ってみた。
まだぬくい。
生きてるんかな？
みっちゃん、みっちゃん。
みっちゃんは目ぇ開けたまま返事しぃひん。綺麗《きれい》な顔や。
みっちゃん、起きや。
うちはみっちゃんの手を引っ張った。
みっちゃんの身体はちょっとだけ持ち上がった。
ぬるっ。
手がぬるぬるしてたから、すっぽ抜けた。
ぱちゃん。
飛沫《ひまつ》が飛んだ。
みっちゃんは、やっぱり動かへん。
うちはみっちゃんを担いで登ることにした。
みっちゃんは物凄《すご》く重たかった。
そやけど、たぶん火事場のアホ力とかいうやつやと思うけど、うちはなんとかどぶから引き上げることができた。

どぶの横のコンクリートのとこにみっちゃんを置いた。

みっちゃん、みっちゃん。

お日さんの光で、みっちゃんの顔はきらきら光った。

どうしたら、ええんかな？　救急車かな？　そやけど、公衆電話どこにあるんやろ？

息が止まったら、十分以内に蘇生《そせい》しな死んでしまうて聞いたことある。救急車なんか呼んでたら、間に合わへん。ほなら、どうしたらええんやろ。

人工呼吸や。

うちはみっちゃんの唇に口を付けた。

歯がぶつかって、かちっと小さな音がした。

ふう。

息を吹き込んだけど、入っていく気がしぃひん。

もっとくっつけへんとあかんのやろか？

うちはみっちゃんの唇にうちの唇をぐっと押し付けた。

みっちゃんの温かい歯茎とうちの歯茎が触れた。

ふうと息を吹き込むと、みっちゃんの唇が空気の勢いで少し震えた。

目の前にはみっちゃんの綺麗な顔があった。こんな近くで、みっちゃんの顔を見るのは初めてやった。

あかんあかん。見とれてる場合やない。

うちはもっと強く唇を押し付けた。空気が漏れないように、舌をみっちゃんの口の奥に突っ込んだ。

ぬるっ。

みっちゃんの舌とうちの舌が擦れあった。

あっ。

えっ？　今の感じなんやろ？

ふう。ふう。

うちの息がみっちゃんの口の中に入って、それがみっちゃんの唾《つば》の香りをうちの鼻へと運んできた。懐かしくて、甘い。

うちの舌は勝手に動いて、みっちゃんの歯と舌と歯茎と舌の裏と口の中を舐《な》めまわしてしまった。

ああ。こんなことしてる場合やない。

うちはみっちゃんの顔から自分の顔を離した。

つうっと唾の白い糸が二人の口を繋《つな》いでいた。

みっちゃんの目は大きく見開かれていた。

どうしよう？　そや。心臓マッサージや。

うちはどきどきしながら、制服のリボンを外した。

次はボタン。いつも自分の制服のボタンを外しているから慣れているはずやのに、指が震えてなかなか外されへん。

じれったい。

うちは力任せに、シャツを広げて、ボタンを引き千切った。

ボタンが弾《はじ》け飛んで、コンクリートの上で乾いた音を立てた。

ブラジャーも外した方がいいんかな？

うちはみっちゃんの両脇から、背中へ手を廻して、ブラジャーのホックを探った。

これもいつも慣れているはずやのに、なかなか外されへんかった。

やっとはずれた。

制服と一緒に片方ずつ脱がした。

みっちゃんは上半身裸になった。

女同士やのに、なんか恥ずかしいような眩《まぶ》しいような気がして、凝視できひん。

あかんあかん。

うちはそっと、みっちゃんの胸に触った。

形が良くて、柔らかかった。まだ冷たくない。

心臓は動いてるんやろか。

うちはみっちゃんの胸に耳を引っ付けた。

息みたいなんが聞こえるけど、うちの息やと思う。

微妙な振動には唇が敏感やと聞いたことがあるので、みっちゃんの白い胸にうちの唇を押し当てた。

みっちゃんの汗の臭いが鼻をつつく。

うちはみっちゃんの身体の香りを思いっきり吸い込んだ。

舌の先には少ししょっぱい味を感じた。

よくわからないので、うちはみっちゃんの両手首を摑んだ。

より微妙な振動を感じ取れるところを探して、うちの唇はみっちゃんの乳首の先に辿《たど》りついた。

身体を安定させるために、お互いの手の指の間に指を絡めるようにして、みっちゃんの手を握った。

弾みでみっちゃんのピンク色の乳首がすぽんとうちの唇の間に入った。

ああっ。

えっ？　またや。今の感じ。

うち、本当はみっちゃん嫌いやってん。

可愛い顔しているから、なんもしぃひんでも、男の子にもてるのに、その上愛想よく男の子に笑い掛けるから、みんなみっちゃんのこと好きになるねん。そんなんずるいから。そやから、うち、みっちゃんのこと嫌いやってん。

けど、みっちゃん死んだらどうしよう。

みっちゃん。みっちゃん。みっちゃん。

うちはみっちゃんの白い濡《ぬ》れた胸に顔を埋《うず》めて、みっちゃんが息を吹き返すように祈った。

そや。心臓マッサージやった。

うちは上半身裸のみっちゃんのお腹の上に跨《またが》って、そんで両手をみっちゃんの白くて柔らかくて形のいい胸の上に載せた。

そして、胸を押す。

うちは身体を上下させる。

うちの両手はみっちゃんのお乳の中に埋もれる。

みっちゃんのお腹とうちのパンツが擦《こす》れる。

あああっ。

うちはみっちゃんの上に倒れ込んだ。

そして、みっちゃんの唇と鼻を口で吸った。

甘酸っぱい香りがした。

こんなことしてたら、あかん。

どうしたらええんやろ？

そうや。あそこに行こう。あそこやったら、きっと助けてもらえる。

うちはみっちゃんを運べるものを探した。

すぐに見付かった。工場で荷物を運んでた台車や。

ぼろぼろに錆《さ》びてたけど、変な音がするだけで、ちゃんと動いた。

うちは綺麗《きれい》な胸が露《あら》わになったみっちゃんを台車の上に乗せた。

これで、連れていこう。ええと。場所はどこやったかな？

うちは記憶を探った。

確かこの廃墟《はいきょ》の外れやったはずや。あそこは本当は工場の一部やなくて、元々民家やったけど、あまりにぼろぼろで、大人はみんな廃墟の一部やと思うてた。

そやけど、ほんまは違《ちご》たんや。子供たちはみんな知ってた。

うちは台車を押した。

きいきいきい。

みっちゃんはほんまに綺麗で白くてふわふわしてた。

それが今、スカートから汚いものが出てた。

うちは慌てて、みっちゃんのスカートを脱がした。

黄色い液体で、スカートはぐしょぐしょやった。パンツの中にも茶色いものが詰まってる。

うちはみっちゃんのパンツを脱がした。

みっちゃんの綺麗な割れ目に汚物がこびり付いている。

なんとかしなあかん。

うちはみっちゃんの割れ目を手で拭《ぬぐ》った。

柔らかかった唇よりもずっと柔らかい。

うちはみっちゃんの割れ目をもっと綺麗にしたくなって、大きく股《また》を開かせた。

女の子のあそこをこんなにはっきりみたのは初めてや。

綺麗なピンクやった。お尻《しり》の穴までピンクやった。

うちは顔を近付けて、嗅《か》いでみた。

甘酸っぱい香りがする。

汚いままではあかん。

うちは我慢できなくなって、舌で汚れをこそぎ落とそうとした。

唇と舌で割れ目を押し広げた。

舌の先が小さな尖がりに当たって、ぷるんと動いた。

ああああっ。

うちもお股の調子がおかしくなった。

どうしたんやろ？　病気になったんかな。

気が付いたら、うちの制服や下着もどぶの水やら、みっちゃんの汁やらでぐしょぐしょになっていた。

こんなん着てたら、風邪ひいてしまう。それか、どぶの水の黴菌《ばいきん》で病気になってしまう。

うちは慌てて制服と下着を脱ぎ捨てた。

うちは台車を押した。

きいきいきい。

みっちゃん死んだんかな。

うちはみっちゃんを温めようと抱き締めた。

全身をぴったりくっ付けようとして、口と口、乳首と乳首、割れ目と割れ目を押し付けた。

あああああっ。

うちは身体が痺《しび》れるような気がした。

これではあかん。もっと密着させる方法はないんやろか？

うちは自分の身体をみっちゃんの身体の上で、ぬるぬると動かして、一番密着できる位置を探し続けた。

すると、ぴったりとした位置と体勢が見付かった。

みっちゃんの身体とうちの身体を百八十度ずらしたらええだけやった。

うちの顔がみっちゃんのお股のところ、みっちゃんの顔がうちのお股のところに来た時がちょうどぴったりやった。

うちはみっちゃんのお尻の側から自分の両手をみっちゃんの太腿《ふともも》に廻《まわ》して、ぐっと広げた。こうしたら、みっちゃんの割れ目の中にうちの鼻と舌がすっぽりと収まる。

みっちゃんは顔を動かさへんけど、うちは股でみっちゃんの顔を力いっぱい挟んだ。
あああああっ。
うちはもぞもぞと身体を蠢《うごめ》かした。
みっちゃんの香りを肺一杯に吸い込み、体液をちゅうちゅうと啜《すす》る。
これ、人工呼吸になってるんやろか？
これ、心臓マッサージになってるんやろか？
考えようとしても、頭の中が真っ白になってしもうて、何も考えられへん。
そやけど、なんでうちがみっちゃんを嫌いなんかがわかった気がした。
きっと、みっちゃんと一緒にいたら我慢できひんかったからや。
うちは台車を押した。
きいきいきい。
着いたみたいや。
うちはなんとか、みっちゃんから身体を引き剝《は》がすけど、またすぐに戻ってしまう。
きっと、この体勢がうちらの本来の体勢なんやと思た。
そやから、こんなに懐かしい味と香りがするんや。
そやけど、うちは声を出さなあかん。
声に出して頼まんと、願いは聞いてくれへん。
さあ。呼び掛けるんや。

玩具修理者《ようぐそうとほうとふ》!!

そや。これが名前やった。

玩具修理者《ようぐそうとほうとふ》は何でも願いを聞いてくれる。

そやから、頑張って、ここまで来たんや。

うちは望みをかなえるんや。

お願いや。玩具修理者《ようぐそうとほうとふ》、うちの願いを聞いて。

細かな石が積み重なってできたようなその小屋の戸が開き、中からぼろぼろの布を巻き付けたあの人物が現れた。

てぃーきーらいらい。

うちはただ一つの願いを叫んだ。

うちを男の子にして。

逡巡の二十秒と悔恨の二十年

寿《ひさし》は悲しそうな目でわたしを見詰めている。
そんな目で見ないでくれ。
わたしは、横にいる定子《さだこ》の手を無意識に握った。
強い雨に打たれながら、寿はゆっくりと、しかし確実にわたしたちから離れていく。
今なら、間に合うかも。
わたしは寿に手を伸ばそうと思った。
だけど、どうしても手は動かなかった。
怖かった。
もし、寿を助けようとして、自分まで道連れになったら……。
早く決断しなければ、手遅れになる。
そう。二十秒しかない。なぜだかはっきりとわかった。
わたしは心の中で二十を数え始めた。
「あなた、大丈夫？　うなされていたわよ」
目を開けると、そこには定子がいた。

あの時より二十年、年齢を重ねた定子が。

「ああ。俺は声を出していたか？」わたしは額の汗を拭《ぬぐ》った。

定子は無言で頷《うなず》いた。

「何と言っていた？」

「気にする必要はないわ」

「俺は気になどしないから、教えてくれ」

「気にしていないのなら、知る必要もないんじゃない？」

「おまえが隠そうとするところから、だいたいの察しは付く。寿に関することだな」

「もうあれから二十年も経つのよ。とっくに忘れてもいい頃だわ」

「忘れられるものか。俺はこの二十年間、片時も忘れたことはない」

「わたしたちは子供だった。責任なんかなかったのよ」

「そう簡単には割り切れない！」わたしは吐き捨てるように言った。「川での船遊びに誘ったのは俺だったんだ」

「いいえ。違うわ。誘ったのは寿の方だった」

「当時はそう言った。だけど、本当にそうだったのか？　俺は覚えている。川に行こうと言ったのは俺だ」

「いいえ。わたしはちゃんと覚えている。寿が誘ったの」

「記憶が曖昧《あいまい》になっているんじゃないか？　もう二十年も経つんだ」

「だったら、あなたの記憶も曖昧になっているはずよ」
「俺の記憶が……」
そうなのだろうか？　あの時、誘ったのはわたしではなかったのだろうか？
川に行こうよ。
川？　どうして、川なんかに？
岸辺に船があったんだ。
船？　ヨットみたいなの？
違うよ。そんなに大きくない。
じゃあ、モーターボート？
機械はついてなかったよ。
それって、ただ浮いているだけなの？
うん。今は少し岸に乗り上げているけど。
本当に船なのかな？　ただの木の箱か何かじゃないか？
あれは船だよ。船の形をしていたから。
でも、帆もエンジンもないんだろ。
うん。
じゃあ、どうやって動かすんだ？
あれだよ。木の棒を使うんだ。

木の棒？　櫂《かい》のこと？

たぶんそうだよ。

どうもはっきりしない。どちらがわたしの言葉で、どちらが母の言葉だったのか？

まるで夢の中の台詞《せりふ》のように客観的な会話だけが思い起こされる。

わたしは記憶の奥底を探り、真実がどうであったのかをなんとか思い出そうとした。

内側の目を凝らすために、現実の目は虚《うつ》ろになる。

寝室の壁を漫然と眺める。

壁には暗い影があった。

部屋の照明は点《つ》けていない。窓の外から差し込む街の光が仄《ほの》かでもやもやとした複雑な光のパターンを壁に作っている。

その淡い光の斑《まだら》の中にぽっかりと空いた暗黒の洞窟《どうくつ》。

ぼんやりとその影を見ている間に遠近感がおかしくなり、本当に壁に穴が開いているかのような気がしてきた。

わたしは疲れている。だから、そんな錯覚が起こるんだ。

錯覚の穴は心の中でどんどん深くなり、そして広がっていく。

穴の中がぼんやりと見え始める。

それは岩や水滴に覆われた蝙蝠《こうもり》の住む洞穴などではなかった。

地面には植物が生い茂っていた。

おそらく水辺に生い茂る葦《あし》の類《たぐい》の植物だ。
そして、その上の空間は広大で、黒い雲が風に靡《なび》いて、どんどんと流れていた。
見覚えのある光景だ。
だが、それがどこかは思い出せない。
風の中には雨粒が混じっている。
ぱらぱらと水面にぶつかり軽やかな音を立てている。
水面？　やはり水辺のようだ。
小さな樹木もまばらに生えている。
月のない夜空？
いや。暗雲に覆われた昼間なのかもしれない。
なぜか、心を不安にする景色だった。
わたしは光景の中に何かが立っているのに気付いた。
最初、それはただ黒い何かのかたまりのように見えた。
だが、それはゆっくりと形が定まっていく。
人間だ。
大人じゃない。
子供だ。十歳程の子供の姿だ。
なぜ、不安になったのかはっきりした。

これはあの時の光景だったのだ。

わたしが寿を見捨てたあの時の光景そのままなのだ。

わたしは慌てて目を逸《そ》らそうとした。

だが、逸らそうとすればするほど、わたしの目は子供の影に引きつけられていく。

気が付くと、わたしは瞬きもせずに凝視していた。

わたしの目には寿の姿がはっきりと映っていた。

それはまるで、今そこにいるかのような明晰《めいせき》な姿だった。

寿は真っ直《す》ぐにわたしを見詰めていた。

「許してくれ」わたしは口走った。

「あなた、どうしたの？」妻が心配そうに言った。

「おまえには見えないのか？」わたしは寿を指差した。

「何のこと？」妻は私が指差す方を見た。「何か見えるの？」

「そこに……」

わたしの言葉は止まった。寿の蒼《あお》ざめた顔が歪《ゆが》んだのだ。

「そこにあるのはただの壁よ」

「壁のはずだ。だが、その向こうに広がってるんだ」

「壁の向こうが見えるの？」

「俺には壁が見えないいんだ」

「壁の向こうは車庫よ」

「だが、そこには河原が広がっている」

「何を言っているの？」

「あの時の河原だ」

「何の時？」

「あの時だ」

「何の話なのかわからないわ」

「忘れているはずがない。俺が寿を見捨てたあの河原だ」

「夢よ。さっきの夢の続き」

わたしはもう一度寿の顔を見た。

夢とは到底思えない。まさに今そこにあるとしか思えなかった。

「あれは幻なんかじゃない。今そこにある現実だ」

「しっかりして、寿が今ここにいるはずがないわ」

「でも、いるんだ」

「それはあなたの願望よ。寿に生きていて欲しいという」

「でも、これは紛れもない現実だ」わたしはベッドから出た。

「何をするの？」

「寿を連れてくる。手を伸ばせば届きそうなんだ」わたしは壁があると妻が言い張る場所へ向けて一歩踏み出した。

「やめて！」妻がわたしの腕を摑《つか》んだ。「連れてくることなんかできないわ」

「どうして、そんなことが言える？　すぐそこにいるのに」

「駄目!!　あなたを失いたくない!!」

「俺を？」わたしは振り向いた。「なぜそう思うんだ？」

「だって、あなたと寿の間には川が流れているのよ」

川？

足元に微《かす》かな流れを感じた。

そう川だ。

あのとき、寿は船の上で。そして、わたしと定子は岸にいた。

寿は手を伸ばせば届く場所にいた。

だけど、わたしは手を伸ばさなかった。

恐ろしかったのだ。

「なぜだ？」わたしは妻の方を見た。

「えっ？」妻が言った。

「なぜわかったんだ？　おまえにも見えていたのか？」

「何のこと？」

「ここに川が流れていることに」

「それは……あなたは河原が見えると言ったから」

「だけど……おかしい」

「おかしくなんかないわ」

「おまえにも見えていたのだろ？　いや。他にもおかしなことがある」

「もう何も言わないで」

「だって、理屈に合わない」

「何を言ってるの？」

「もし寿が船に乗っているのなら、どうして……」

わたしは振り返った。

そこにはいつもの暗い壁があった。

「壁が……ある」わたしは呟《つぶや》いた。

「ええ。知っているわ」

言いようのない不安感がわたしを襲った。一瞬のうちに何かがわたしの頭からすっぽりと抜け落ちてしまった。

「俺は今、何を言おうとしていた？」

妻は何も答えず、ただ悲しそうに微笑んだ。

「おい。どうしたんだ!?　ぼうっとして」

同僚の声にわたしははっと気付いた。

「今、うわの空だったぞ」同僚はわたしの顔をじろじろと見た。

「ああ。すまん。つい……」

「つい、どうしたんだ？」

「意識が遠くなってしまった」

「なんだ、そりゃ？　単に考え事をしてたんじゃないのか？」

「最初は考え事だったんだが、途中で意識が途絶えそうになった」

「毎晩、飲み歩いてでもいるのか？」

「いや。そんなことはしていない。確かに寝てはいないが」

「何か悩み事か？」

「まあ。悩み事と言えば、悩み事だが……」

「何だよ、言ってみろよ」

わたしはしばらく考えてから首を振った。「いや。よしておこう」

「何だよ。気になるじゃないか」

「言っても、わかって貰《もら》えないような気がする。そもそも、俺自身、何が起こったのかはうまく把握できていないんだ」

「まずは話を聞かなくっちゃ、わかるかどうかなんて判断できないぜ。言ってみたら、すっきりするかもしれない。とにかく言ってみろよ」

「う〜ん」

つまらないことを口走ってしまった。一度点《つ》いた好奇心の火は容易なことでは消せないだろう。

「子供の頃、友達が死んだんだ」

「うっ。これはまた突然重たい話だな」

「おまえが聞きたいって言ったんだぞ」

「わかったよ。乗りかかった船だ。最後まで言ってみろ」

「船」という言葉に反応して、わたしの胸はずきりと痛んだ。

「俺は……俺たち三人は近所の河原で遊んでいたんだ」

「水難事故か」

ストレートな表現にわたしの心は悲鳴を上げた。

「話の先回りは止めてくれ」わたしの顔は苦痛に歪んでいたことだろう。

「ああ。悪かった。話を続けてくれ」

「その……。俺が誘ったのか、友達が誘ったのかは、よく覚えていない。俺とそいつと、そしてもう一人女の子がいた」

「どっちかのガールフレンドか？」

「まだ、そんな年頃じゃなかった。……いや」

「何か心当たりがあるのか？」

「俺の知らないところで、あの二人は……」

「付き合っていたのか？」

「それは関係ない」

「どうして関係ないんだ？」

「俺が関係ないって言ってるんだから、関係ないんだ」

「ああ。そう言うんなら、それでいいさ」同僚は肩を竦《すく》めた。

「河原にあった船に乗ろうってことになった」

「河原に船があったのか？　漁船か何かか？」

「そんなたいそうなもんじゃない。今から思うと、船だったかどうかも定かじゃない。ひょっとすると、何かの空き箱だったのかもしれない」

「船と空き箱じゃだいぶ違うだろ」

「とにかく、当時の俺たちはあれを船だと思った。それは間違いない」

「まあ、船だろうが、空き箱だろうが、今更どうしようもないんだろ」

「ああ。どうしようもない」

「それで、船遊びを始めたんだな」

「最初に乗ったのは、……俺だったと思う」

「乗る順番がそれほど重要なのか？」

「わからない」わたしは首を振った。「だけど、俺の行動が後の二人を促したとしたら……」

「どっちにしても子供のすることだ。責任はない」

「子供には責任がないって本当だろうか？」

「おまえのとこにも、子供がいるだろう。確か二人。女の子と男の子。二人ともまだ小学生だったよな」

「えっ。ああ」

そうだった。そう言えば、わたしたちには子供が二人いた。

「事故があったとして、その子たちに責任を負わせることができるか？」

どうだろうか？

子供たちはふだん責任ある行動をとっているだろうか？

なんだか、遠い昔の出来事のようで、うまく思い出せない。

「どうした？　子供に責任があると思うか？」

「それは……簡単には判断できない」わたしは額の汗を拭《ぬぐ》った。

「じゃあ、その件はいいさ。おまえたち三人は船に乗った訳だ」

「そうだ」わたしは頷《うなず》いた。

「三人乗れたってことは結構広かったんだな」

「この机ぐらいはあった」

そう。こんな感じで、古びた木目があった。

わたしは眩暈《めまい》を感じた。なんだか、机が船のように揺れ出した。

「ますます顔色が悪いぞ」同僚が心配そうに言った。

「船は浅瀬の泥濘《でいねい》の上に乗り上げていた。先端の四分の一ぐらいが泥に埋まっていて、水には浮いていなかった」

「それじゃあ、事故は起こらないんじゃないか？」

「俺たちはその場にあった木の棒を使ったんだ」

「櫂《かい》か艪《ろ》か？」

「特別な形はしていなかった。今思えば、あれはただの棒だった。物干し竿《ざお》のような」

「操船に竿を使うことはあるだろ」

「そうかもな。とにかく、俺たちは竿を使って、船を川の中に押し出した」

「俺たち？」同僚が言った。

「ああ」

「じゃあ、みんなでやったんだ」

「えっ？」

「おまえ、責任のことを気にしてただろ。みんなでやったのなら、責任はみんなにある」

どうだった？　みんなで押したのか？

手の感覚が蘇《よみがえ》る。

わたしは全身の力を込めて、泥の中に竿を押し込み、船を動かした。

みんなじゃない。わたしだ。

後の二人は本気で、船を出すつもりはなかったのかもしれない。ただのごっこ遊びのつもりだったのかも。

わたし一人が本気になっていたのだろうか？

「どうしたんだ？　手が震えているぞ」

気が付くとわたしは両の掌《てのひら》を見詰めていた。

「俺がやったのかもしれない」

「そうなのか？　でも、まあ気にするな。子供のやったことだ」

「船はすっと動きだした。俺は嬉《うれ》しくなって、けらけらと笑った。船はだんだんと速く動き始めた。ふだんよりも水量が多かったような気がする」

「大雨が降ったのか？」

「低気圧が近付いていると言っていた。台風並みだとかなんとか」

「上流ではもう降り出してたってことか」

「その辺りでも、そろそろぽつぽつと雨が降り始め……。うっ！」

「どうした？」

「今、雨粒が顔に当たったんだ」

「ここは建物の中だぞ」

「それはわかっている。だけど、今確かに……」

「すまん。きっと俺の唾《つば》が飛んだんだ」

「そんなんじゃない。今のは、雨粒だった。ちょうどあの時と同じぐらい。ぽつりと来たかと思うと、顔や手足にぽつぽつと感覚を狭めながら、激しくなっていく」

「今もだんだんと雨が激しくなっているのか？」

わたしは無言で頷いた。

「こりゃたまげた」

「理解してくれたか？」

「ついさっきまで理解していると思い込んでいたが、建物の中で雨が降るという妄想は想定外だ。きっと、軽いノイローゼだろう」

「いや。確かに今……。ほら！」

「何が『ほら』だよ」

「今、雷が鳴ったろう」

「鳴ってないよ。本当にそんな気がするのなら、今日はもう早退した方がいいんじゃないか？」

昨夜、寝室で寿を見た時と似たような感覚だった。このままだと、また彼を見てしまうかもしれない。

いや。自分を騙《だま》すのはよそう。同僚の背後にちらちらと見えるのは、あの時の寿だ。

「早退など無意味だ。寿はどこにでもやってくる。俺がいるところなら、どこにでも」

「おい大丈夫か……」同僚の声はだんだんと遠くなってきた。

同僚の鳩尾《みぞおち》あたりに寿の顔が浮かんでいる。まるで腹から生まれかかっているようだ。

寿はしっかりとわたしを見詰めていた。

「何が望みなんだ？」わたしは寿に尋ねた。「どうして、今になって現れるんだ？」

寿の口がぱくぱくと動いた。何かを言っている。おそらくわたしへの言葉だ。そして、最期の言葉でもある。

何だったろう？　あの時、寿は何を言ったのだろうか？

「おい。気味の悪い冗談は止めてくれ」同僚が言った。「どうして俺の臍《へそ》に向かって話し掛けているんだ？」

「すまない。気にしないでくれ」

雨はざあざあと激しさを増した。

「どこからどこまでが本当なんだ？」

そう。それが問題だ。

「全部だ」

「幻覚を含めてか？」

「今も見えている」

同僚はわたしの顔と自分の臍の辺りを見比べた。

「ここに何かの幻覚が見えているのか？」

「ああ」

「何がいるんだ」同僚は気味の悪そうな表情で言った。

「本当に聞きたいのか？」

「えっ？　そりゃあ聞きたいさ。……いや。待て」同僚は顎《あご》を擦《さす》った。「幻だとわかっていても、気持ちの悪いことを言われたりしたら、気分が滅《めい》入るかもしれないな」

「そうだな」わたしは頷いた。

「なんだよ。やっぱり気持ちの悪いものかよ」

「気持ちが悪いというか。何かが腹の辺りに現れたら、状況的に気持ち悪くならざるを得ないだろ」

「そんなことはない。変身ベルトとかだったら、かっこいいぞ」

「残念だけど、変身ベルトじゃない」

「じゃあ、もう言わなくていい」同僚はうんざりしたようだった。「それで、それからどうなったんだ？」

　雨は同僚の髪や服を濡《ぬ》らし、べったりと皮膚に張り付いていたが、彼は意に介していないようだった。

　これが幻覚だとはとても思えなかったが、建物の中に雨が降るなどという事は常識的にあり得ない。やはり彼が正しく、すべてがわたしの幻覚なのだろう。

「振り向くと、二人は蒼《あお》ざめていたんだ」

「男の子と女の子が？」

「そうだ」

同僚の腹からは、今も蒼ざめた顔がにゅっと突き出している。

「俺は尋ねた。『どうしたの？』って」

「おまえ一人が無邪気だったってことか？」

「今から思えばな。だけど、その時は本当に全然気付かなかったんだ」

「二人はなんて答えたんだ」

「寿は『もう戻ろう』と言った」

どうして？

だって、危ないよ。

全然、危なくなんかないよ。

危ないんだって。

定子ちゃんも危なくないって思うよね。

定子の唇は震えていた。

わたしはぎょっとした。

定子が怯《おび》えている。

船のスピードは少しずつ増していった。

だが、岸からは一メートルも離れていない。
その気になれば、子供の脚力でもなんとか飛び越えられるだろう。
戻ろうか、と寿が言った。
ええっ？　とわたしは唇を尖《とが》らせた。
定子ちゃん、戻ろう、と寿は言った。
ええ。
ちょっと待ってよ、とわたしは言った。今、船を岸に着けるから。
わたしは竿《さお》で川底を突いて、岸に押し戻そうとした。
だが、激しい手応《てごた》えと共に、竿はわたしの手からもぎ取られ水底へと沈んでいった。
飛ぼう、と寿が言った。
定子が頷《うなず》いた。
その時、わたしの中にどす黒く渦巻く感情が生まれた。
定子はあいつの自由にはさせない。
駄目だよ、とわたしは定子の手を握った。
定子は困ったような顔をした。
ぽつりぽつりと雨が降り出した。
どうして止めるんだ？　と寿が言った。
まだ大丈夫だ。

どうして大丈夫だなんてわかるんだ？

そんなことだいたいわかるさ。

だいたいじゃ駄目なんだ。命が懸かってるんだから。

命？　そんな大げさな。

大げさなんかじゃない。川遊びは危ないんだ。池や海よりもずっと危険なんだ。

じゃあ、なんでついて来たんだよ？

本当に船を川に浮かべるつもりだとは思わなかったんだ。

えっ？

船は大きく揺れた。

波が跳ね上がり、大量の泥水が船の中に飛び込んできた。

怖いわ、と定子が言った。

わたしは全身に水を被《かぶ》ってしまった。

水の冷たさに一瞬息が止まった。

身体が凍り付いてしまったのかと思った。

そして、鋭い痛みのような恐怖を感じた。

そう。寿は正しかったんだ。このまま船に乗り続けていたら、死んでしまうかもしれない。

でも、今更、寿の言葉に従う訳にはいかない。

自分の非を認めて、寿に屈服するなんてあり得ない。

特に定子の前では。

怖いのか、寿？　とわたしは言った。

何を言ってるんだ、と寿は答える。

正直に言えよ。怖いんだろ。

怖くはないさ。

じゃあ、どうして逃げるんだ？

逃げる訳じゃない。危険を避けるだけだ。

そうか。でも、まだ本当には危険じゃない。だって、いつでも岸に飛び移れるんだもの。

だから、飛び移れる間に戻ろうって言ってるんだ。

俺はぎりぎりまで戻らない。いまはまだ安全だ。危険になる十秒前に岸に飛び移るから大丈夫だ。怖いやつは先に戻ってればいいさ。俺はあと十……いや、二十数えてから飛び移る。

そんな痩《や》せ我慢をして何の意味があるんだ？

わたしはちらりと定子の方を見た。

表情からは何も読み取れない。

俺は痩せ我慢なんかしていない。自分の判断力に自信があるだけだ。おまえ、怖いんだったら、先に上がれよ。

馬鹿馬鹿しい。定子ちゃん、先に岸に戻ってるんだ。僕は、こいつを説得してから岸に戻るから。

ええ。でも……。

その時、大きく船が揺れ、寿はバランスを崩した。

俺は定子の手を強く握った。


どうして、わたしの手を引っ張ったりしたの？　まだ飛ぶつもりなかったのに、と定子は非難がましく言った。

船が揺れたんで、思わず飛んでしまったんだ。まず定子ちゃんを助けなくちゃいけないと思って……。

でも、二人だけ助かっても仕方がないじゃない。

あいつだって、飛べばいいんだ。

寿と目が合った。

船は相当速く流されていた。

岸にいる二人は船を追いかけるために小走りにならなければならなかった。

船と岸の間の距離はすでに一メートルを超えていた。助走なしで飛ぶには遠過ぎる。

早く飛んで！　と定子が叫んだ。

寿は首を振った。
飛ぶのは却《かえ》って危険だ。大人の助けを待った方がいいかもしれない。
だって、大人を呼びに行っている間に沈没するかもしれないわ。
定子は川に入ろうとした。
よせ！
わたしと寿は同時に叫んだ。
僕なら、大丈夫だから。
そんな笑顔信じられないわ。
船はぐるぐると回転を始めた。
渦巻きに捕まったのだろうか？
船は大きく傾き、浸水を始めた。
やるなら、今しかない。
いや。俺は別に怖くはない。
だから、慌てることなどないんだ。
慌てたら、びくついていると思われてしまう。
そうだ。二十数えよう。
二十数え終わった瞬間に余裕綽々《しゃくしゃく》な様子をあいつにたっぷりと見せ付けるんだ。
「結局、助けにいく決心がつかなかったのか？」

同僚に言われて、わたしははっと気が付いた。

さっきまで、目の前に二十年前の光景が広がっていたような気がした。

今は会社のオフィスにいる。目の前にいるのは心配そうな顔をした同僚だ。

「俺、今何の話をしていた？」

「おい、大丈夫か？　水難事故の話だ。友達と三人で船遊びをしていて、自分とガールフレンドだけが助かった」

「岸に飛び移ってからの最後の二十秒間は地獄だった」

「最後の二十秒間？」

「あの二十秒の間なら、助けられたかもしれない。しかし、俺は何もしなかった。そして船は……」

「沈没したのか？」

水飛沫《しぶき》。そして、肺に水が流れ込むごぼごぼという音。

わたしは両耳を押さえた。

「最後の瞬間はよく思い出せないんだ」

「心的外傷ってやつか？」

「俺は最低な人間だ」

「だから、子供に何ができたって言うんだ？　恐怖で身動きできなくなるのは、むしろ自然な事だろ」

「違うんだ」

「違う？」

「俺は恐怖で動けなかった訳じゃないんだ」

「どういうことだ？」

「俺は……寿と定子が恋人同士になるような未来が許せなかったんだ」

「待ってくれ。おまえは嫉妬《しっと》のせいで友達を見殺しにしたと言ってるのか？」

「そうじゃなかったら、あいつを助けなかった理由がわからない」

「自分でそう思い込んでいるだけじゃないのか？」

「俺はあいつの命と引き換えに望み通りの未来を手に入れた」

「いったい何の話を……。今、思い出した、確かおまえの奥さんの名前は……」

「定子。俺は彼女を手に入れるために、友達を見殺しにした」

「会うのは何年ぶりかな？」目の前の男が言った。

「えっ？　何だって？」わたしは頭をなんども振った。

「どうした、飲み過ぎか？」

飲み過ぎ？　そうだ。飲んでいたんだった。でも、誰と？

わたしは前に座っている男の顔を見た。

見覚えがない。いや。どこかで見たような。

「何だよ。俺の顔を忘れちまったのか？　あれか？『ここはどこ？　わたしは誰？』状態か？」

「自分が誰かはわかっている。だけど、ここは……」

「ああ。今までこの店には来たことはないかもしれないな。でも、そんな正体をなくすまで飲むなんて、よっぽど嬉《うれ》しかったのか？」

「嬉しい？」

「そうだ。幼馴染《おさななじみ》たちに会えて嬉しかったんだろ」

思い出した。今、わたしは同窓会に出席していたんだった。

目の前の男の顔が突然幼馴染のそれに見えてきた。脳が作り出すイリュージョンだ。

「ああ。ちょっと居眠りして混乱してしまったようだ」わたしは頬を擦《さす》った。「今何時ぐらいかな？」

「まだ宵の口さ。ところで、さっきの話だけど、何年ぶりぐらいかな？」

「ええと。卒業してから会ったことはあったかな？」

「いや。たぶんないね」

「だったら、卒業以来だ。もう二十年……いや。二十年足らずってところか？」

「もうそんなになるのか。そう言えば、おまえ結婚したんだろ」

ずきりとした痛みがこめかみに走った。

妻のことを考えるだけで、わたしの良心は張り裂けそうになる。

「ああ」

「定子ちゃんとだろ。びっくりしたよ」

「そんなにびっくりしたのか？」わたしはこめかみを揉《も》みながら言った。

少し寒気がする。

「だって、男子全員の憧《あこが》れのマドンナじゃないか」

「そうだったのか？」

「何言ってるんだ？　全員で取り合いだったじゃないか」

「彼女を好きなのは俺と寿だけだと思ってたが」

幼馴染の顔にしまったという表情が現れた。

あの事故のことを思い出したんだろう。

「まあ。とにかくだ」幼馴染はわたしのグラスにビールを注いだ。「美少女を射止めたおまえが心底羨《うらや》ましいよ」

「ああ。彼女は本当に可愛かった」

「今でもか？」

「えっ？……ああ。今でもそうだ。恥ずかしくって手も握れない」

「それって冗談で言ってるのか？」

「冗談なものか。二十年経っても指一本触れてないよ」

「信じていいのか？」

「信じるも何も本当の事だ」

「じゃあ、なぜあんなことしたんだ？」

「何の話だ？」

額から汗が噴き出してきた。

「みんな気付いてたんだぜ」

「悪いが、なんのことだか全然わからない」

「じゃあ、いいよ。気付かなかったということにしておこう」幼馴染は苦笑いをした。

「ちょっと待ってくれ。どうして、そんな奥歯に物の挟まったような言い方をするんだ？」

幼馴染の顔色が変わった。「まじかよ……」

「俺の知らないところで、どんな話になってたんだ？」

「今日って、奥さんは来てるのか？」

どうだったろう？　定子と一緒に来たのかどうか、どうも記憶がはっきりしない。

「ええと」わたしはこめかみを押さえた。

一緒に家を出た記憶はない。ということは来なかったのだろう。

「彼女は来ていない」

でも、なぜ？

「そりゃ、そうだろうな。ここには、来にくいだろうな。それなのに、どうしておまえは来たんだ？」

「来ちゃ悪かったのか？」

「いや。来るのは自由だ。だけど、おまえが来たら、みんな思い出してしまうんだよ」

頭痛が酷《ひど》い。

「みんなどう思ってるんだ？」

「わかってるだろ？　とぼけるのはよせよ」

「俺が寿を……寿を殺したと思ってるのか？」

「さすがにそれはないだろう。もしそうだったら、定子ちゃんも黙っちゃいない」

「だったら、何だと言うんだ？」

「おまえ、見殺しにしたんだろ」

「どこにそんな証拠があるんだ？」

「証拠なんかなくたって、おまえが定子ちゃんを狙ってたのは誰でも知ってる。まあ、彼女を狙ってたのはみんなだったけどな」

「そんなことはなんの根拠にもならない」

「誰も根拠なんか欲しくない。警察じゃないんだから。俺たちが欲しかったのは納得できる物語だ」

「俺が寿を見殺しにしたという物語か？」

幼馴染は頷《うなず》いた。「寿を見殺しにしたのはおまえだ。だが、結果的に定子ちゃんも寿を見殺しにしたことになってしまった。おそらくその場の雰囲気に飲まれてしまっただけだろうが、そのことは彼女の良心を苛《さいな》んだ。だから、おまえと夫婦となることによって、共に贖罪《しょくざい》の道を歩もうとしたんだ」

「それは勝手な憶測だ」

「まあ、憶測だと思いたければ、思えばいい。だけど、そうじゃなかったら、どうして彼女はおまえなんか選んだんだ？」

「『おまえなんか』だと？」

「寿に比べたら、おまえなんか全然たいしたやつじゃない。違うか？　おまえは寿を助けることができたのに助けなかったんだろ？」

「違う。俺は助けようと思ってたんだ。二十数え終わってから……」

「二十？　なぜすぐ助けなかった」

「それは……二十秒は余裕があると判断したんだ」

「判断の根拠は何だ？」

「それは水流の速さとか、浸水の状態から判断したんだ」

「違うね。ただの言い訳だ」

風が強くなってきた。

目の前の料理の上にぱらぱらと大粒の雨が降り注ぐ。

幼馴染の横に寿が立っていた。

「寿、許してくれ。見捨てるつもりはなかった。二十数えたら、必ず助けるつもりだったんだ」

寿の口はゆっくりと動いていた。何かを言っていたが、わたしにはまるでわからなかった。きっと、恨み言なのだろう。

わたしは立ち上がった。

寿から逃げ出すことができないのはわかっていたが、どうしようもなくおそろしく辛《つら》かったのだ。

「おまえはこの二十年間、寿を踏み台にして、のうのうと暮らしてきたんだろ」幼馴染《おさななじみ》が言った。

「違う。俺は……」

この二十年間、幸せな生活などひと時もなかった。毎日が苦虫を噛《か》み潰《つぶ》すような苦痛と悔恨の日々だった。

なぜ、俺はあの時、二十も数えようと思ってしまったのだろう？　もし、あの二十秒の逡巡《しゅんじゅん》とこの二十年の悔恨を取り換えることができたのなら……。

ざあざあと雨は降り続いた。

「諦《あきら》めろ。もう手遅れなんだ」幼馴染が言った。

寿はだんだんと速度を速めながら、動いていく。

「それで、おまえはいくつまで数えたんだ？」

いくつって……。

十七。

十八。

十九。

………。

幼馴染の姿はゆらゆらと揺らめいた。

宴会場全部が揺らめき、まるで水面に映る寒々とした河原の風景のようだ。

反対に寿の姿ははっきりとしてきた。

葦《あし》やまばらな木々の様子までが手に取るようにわかった。

わたしはいくつまで数えたんだ？　どうして覚えていないんだ？

「なぜだ、寿？　どうして今になって現れてきた。俺に何が言いたいんだ？」

寿の顔には苦痛と恐怖が刻まれていた。幼い顔立ちには全く似合わない表情だ。

二人の間は流れに遮られていて、近付くことはできない。わたしは耳に掌《てのひら》を添え、寿の言葉を聞き取ろうとした。

唇が微《かす》かに動いている。

その時、わたしは気付いた。寿は最初から声などだしていなかったのだ。ただ、唇を微かに動かしているだけなのだと。

寿は心の中で何かを唱えていたのだ。

わたしは自分の唇を寿の唇と合わせて動かした。
この言葉をなんとしてでも、摑《つか》まなければならない。
寿の隣にもやもやとした影が現れた。彼を摑んで離そうとしない。
駄目だ。行かないでくれ。もう少し時間をくれ。
横に広がっていた寿の唇がゆっくりと尖《とが》っていく。
「……ゆうぅぅぅ」
えっ？
「二十ぅぅぅ」寿は言った。
世界は明瞭《めいりよう》になった。
激しい雨はざあざあと三人に降り注いでいた。
寿は目を見開いていた。
寿の横には定子が立ち尽くしていた。
わたしは驚愕《きようがく》した。
なぜだ。彼女は助けたはずなのに。
そして、わたしは気付いた。彼女は助かっていたのだ。
寿と定子は岸に並んで立っていた。
船に残っていたのはわたしの方だったのだ。
「もう二十数えたよ。早く、岸に向かって跳ぶんだ！」寿が叫んだ。

そうか。わたしはようやく理解した。

いくつまで数えたか覚えていないのは当然だ。まだ数え終えていなかったのだから。

わたしは跳び損ねてしまったのだ。

寿は船の揺れに驚いて反射的に定子を連れて岸に跳び移っていたのだ。だが、わたしは足が竦《すく》んで跳ぶことができなかった。

「ごめん。……ごめんよ」寿はべそをかいていた。

「助けて。誰か助けて」定子は震えていた。

寿、君は恐怖に硬直したわたしよりも遥《はる》かに英雄的だ。無意識のうちに彼女の命を助けたのだから。

岸へと跳ぶ勇気のなかったわたしは恐怖から逃れるために、寿と自分の身を置き換えて妄想するしかなかったのだ。

そして、妄想の綻《ほころ》びから、時々現実が顔を出していたのだ。それをわたしは寿の怨《おん》霊《りょう》だと錯覚していた。

すべては自分のせいだったのだ。あの悔恨の二十年は存在しなかったのだ。

わたしはほっとして胸を撫《な》で下ろした。

船には凄《すさ》まじい勢いで水が流れ込んできた。もう船は完全に水面下だ。わたしは膝《ひざ》まで水に浸《つ》かり、さらに沈んでいく。

「早く、船から離れるんだ！　巻き込まれてしまうぞ!!」

心配してくれてありがとう、寿。でも、わたしには泳ぎだす勇気すらない。

「いやぁぁぁぁ!!」定子が叫んだ。

そんなに悲しまないで。たとえ妄想の中でも君と結婚できて嬉《うれ》しかったよ。二人の間には子供が二人もいた。ずっと、君とそんな家庭を持ちたかったんだ。

「許してくれ。僕には助けられない」寿が立ち尽くしていた。

とんでもない。君はこれからあの地獄の二十年を体験することになるんだ。気の毒なのは君の方さ。こっちの苦しみはたったの二十秒で済んだ。物凄《ものすご》く得をした気分さ。苦しみの人生を引き受けてくれて、本当にありがとう。

水はもう胸まできていた。

わたしは晴れやかな気分で天を仰いだ。

空はもう闇夜のように暗かった。

雨は滝のように降り注いでいた。

船は水面下でぐるぐると回転を増し、すっと消え失《う》せた。

わたしは二人に微笑もうとしたが、もう濁った水しか見えなくなっていた。

侵略の時

妻がおかしくなったのに気づいたのは一週間前だった。

朝食に生の豚肉が出てきたのだ。

一瞬、生ハムと間違えて口にして、思わず吐き出してしまった。

「なんだ、これは？」

妻は目をぱちくりした。「肉よ」

「なぜ、生なんだ？」

妻は目をぱちくりした。「生でも消化吸収は可能よ」

「生臭い。それに危険だ」

妻は目をぱちくりした。「臭気が食欲を減退させるということね。でも、危険とは？」

「ウィルスとか、寄生虫とかいるだろ！」

妻は目をぱちくりした。「理解したわ。人間に害のある病原体が存在するためね。熱をかければ、それらは死滅、もしくは、失活する」

「なんで、そんな言い方をするんだ？」

妻は目をぱちくりした。「どんな言い方？」

「今、初めて知ったみたいな言い方だよ」

妻は目をぱちくりした。「ああ。そうね。知っていたわよ、前から。でも、その記憶が存在することを知らなかったから引き出さなかったの」

「まるでパソコンからファイルを引き出すような言い方だね」

妻は目をぱちくりした。「理解したわ。パソコンのファイルは検索できるのね」

「人間の記憶は検索できないけどね」

妻は目をぱちくりした。「人間も検索しているわ。パソコンファイルのように言語ベースでないだけで」

「無意識のうちに記憶検索しているってこと？」

妻は目をぱちくりした。「そうでないと思っていたの？」

「ああ。知らなかった。でも、考えてみると、何か検索の手段がないと必要な記憶が取り出せないよな」

妻は頷《うなず》いた。「問題解決ね」

「いや。解決していないよ。どうして、生肉なんか食べさせるんだ？」

妻は目をぱちくりした。「朝食という概念は理解していたの。ただ、生肉の病原体については、思いつかなかった。だから、記憶を検索しなかったの」

「その冗談あまり面白くないんだけど。それに、これで本当に病気になったらどうするんだ？」

妻は目をぱちくりした。「冗談のつもりではないわ。でも、あなたが冗談だと判断したのなら、その判断の過程は興味深いわ。それから、病気については、そんなに心配しなくてもいい。発病までの時間を考えると、ほぼリスクはないと考えていいから」

「君、『スター・トレック』好きだっけ？」

妻は目をぱちくりした。「『スター・トレック』が何かは理解したけど、詳細についての記憶はないわ。あまり興味がなかったからだと思うわ。どうして、そんなことを訊《き》いたの？」

「突然、君がミスター・スポックのようになったからさ」

妻は目をぱちくりした。「ミスター・スポックって耳が尖《とが》っていて髪がオールバックの背の高い人？　それとも、顔を真っ白に塗った方の人？」

「耳が尖っている宇宙人の方だ。白塗りの方はアンドロイドのデータだよ。どうして、二人を混同するんだ？　理解できないよ」

妻は目をぱちくりした。「それについては、記憶がないわ。きっと、興味がなかったからよ」

「自分が興味がないかどうか覚えてないのかい？」

妻は目をぱちくりした。「興味があることについては、覚えているわ。でも、興味がないことについては覚えていない。世の中には無数のカテゴリーが存在するわ。わたしはそのほとんどに興味を持っていない。いちいちそれらのカテゴリーについて、自分が興味を持っていないことを記憶する必要があるかしら？」

「そうだね。興味を持っていないことをいちいち覚えたりはしないね。でも、自分がそのことに興味を持ってるかどうかは記憶してなくても判断がつくだろ」

妻は目をぱちくりした。「ええ。だから、わたしはちゃんと類推したわ」

「類推って……」

いったい妻に何が起こったんだ？

わたしは途方に暮れた。

言っていることは論理的には正しいが、あまりに自分を客観視しすぎている。ストレスからくるノイローゼの一種だろうか？　最近、何かストレスになるようなことがあったろうか？　それとも、わたし自身の捉《とら》え方がおかしいのだろうか？　精神に変調をきたしているのはわたしの方か？

「それで、どうする？　病原体のリスクを冒して、生肉を食べる？　それとも、熱で処理してから食べる？　あるいは。別のものにする？」

わたしは時計を見た。「もうあまり時間がない。会社に行く途中のコンビニで何か簡単に食べられるものを買うことにするよ」

妻は目をぱちくりした。「簡単に食べられるもの？　ポテトチップス、キャンデー、チョコレート、キャラメル……」

「おにぎりかサンドイッチだ。お菓子は朝食にはならない」

妻は目をぱちくりした。「なぜ、ならないの？」

「その記憶はないのかい？」

妻は目をぱちくりした。「その情報はないわ。おそらくそのようなことは考えたことがないみたい」

「世の中には朝食にお菓子を食べる人もいるけどね」

妻は目をぱちくりした。「了解したわ。『お菓子は朝食にはならない』という前言を撤回し、『朝食にお菓子を食べる人もいる』と訂正するのね」

「訂正はしない。僕は朝食にお菓子を食べたりしない」

妻は目をぱちくりした。「あなたの発言は非論理的だけど、今までもそのような言動は散見されたわ。それはわたし自身にも当てはまることであって、日常会話において厳密性を追求することは重視されていないことが推定できるわ」

「じゃあ、今日は僕が帰ってくるまで、じっくり類推しておいてくれ」わたしはさっさと家を出た。


「おはよう」わたしは同僚の西田《にしだ》に呼びかけた。

西田は目をぱちくりした。「君は俺の同僚だ」

「そうだよ」

西田は目をぱちくりした。「おはよう」

わたしは無言で西田を眺めた。

西田は目をぱちくりした。「どうした？　なぜしゃべらない」

「おまえの様子が変だからだよ」

西田は目をぱちくりした。「俺は正しく挨拶《あいさつ》をしなかったか？」

「挨拶は正しかったよ。ただ、その前に妙なことを言った」

西田は目をぱちくりした。「『君は俺の同僚だ』と言ったことか？」

「そうだよ」

西田は目をぱちくりした。「間違えているのか？」

「間違えてはいない」

西田は目をぱちくりした。「だったら、問題ないんじゃないか？」

「このタイミングで言うことじゃないだろ」

西田は目をぱちくりした。「どのタイミングで言うのが正しかった？」

「そうだな。初めて会ったときぐらいかな？」

西田は目をぱちくりした。「今日会うのは初めてだと思うが」

「今日じゃなくて、人生で初めて会ったときだ」

西田は目をぱちくりした。「君と初めて会ったとき、そのような会話があったという記憶はないが、俺の記憶違いだろうか？」

「いや。たぶんあっているよ。僕にもそんな記憶はない」

西田は目をぱちくりした。「ということは、もう生涯そのような発言をする機会はないということか？」

「ああ。まあ、絶対とは言えないけどね。例えば、突然記憶喪失になったときとか」

西田は目をぱちくりした。「了解した。記憶喪失になったときには忘れずに発言するよ」

冗談なのか。真面目なのか。わたしは判断に迷い、そのまま静かに彼の許《もと》を離れた。

そして、そのまま課長の席に向かった。

「すみません。西田のことでお話があるのですが」

課長は目をぱちくりした。「西田君がどうかしたのか？」

嫌な予感がした。

だが、会話は続ける。

「彼は疲れているんじゃないかと思いまして」

課長は目をぱちくりした。「西田君が疲れている。根拠は？」

「根拠というほどのものではありません。会話がちぐはぐなのです」

課長は目をぱちくりした。「わたしは『根拠は』と訊《たず》ねた。『根拠というほどのものではない』ことを答えたのは、どのような意図によるものか？」

「あの。最近そういうの流行《はや》っているのですか？」

課長は目をぱちくりした。「なぜ、わたしの質問に答えず、新たな質問を行ったのか？」

「すみません。まず、わたしの方から先に答えます。ええと。……つまり、たぶん根拠だと思うのですが、確かな自信はないということです」

課長は目をぱちくりした。「なぜそのような表現をとらなかったのか？」

「厳密にしゃべる必要はないと思ったからです。要はだいたいのことが伝わればいいのです」

課長は目をぱちくりした。「だいたいのことが伝わればいい。……了解した。では、君の質問に答えよう。そういうの流行っているかどうかは、まず『そういうの』の定義を知らなくては判断できない」

「『そういうの』とは、つまり日常会話なのに論理性を極端に追求するような態度をとることです」

課長は目をぱちくりした。「ミスを防ぐためには、望ましい手法だと思うが」

「でも、効率が相当落ちますよ」

課長は目をぱちくりした。「まずミスの低減が優先だ。効率はその後で考慮する」

わたしはさらに反論しようと思ったが、結局徒労に終わることが目に見えていたので、そのまま引き下がることにした。

「了解しました。ミスの低減のために努力します」

わたしは自分の席に向かう間、同僚たちの様子を確認した。

さて。みんな、こんな様子なのか？　俺に関わりのある人物が次々に突然精神に変調をきたすのは確率的にありえない。だとしたら、やはりおかしいのはわたしの方だということになる。もしくは、わたしを引っかけるために壮大な悪戯《いたずら》が行われているかだ。

ただ、西田はともかく、妻や課長はそんな悪戯を企《たくら》むタイプじゃない。

ベテランOLの松前記理子《まつまえきりこ》と目が合った。彼女は素早くかすかに頷《うなず》いた。

わたしは彼女とはさほど親しくない。ただ、無言の素振りだけで、自分の意思を相手に伝えるような頭の回転が速いタイプではなかったような気がする。むしろ、おっとりとして、人よりワンテンポ遅れるようなところがある。

彼女がこんなスパイじみた態度をとるのは、よっぽどのことだ。

わたしは記理子に話しかけた。「松前さん、先日の案件だけど」

「はい」

「疑問点があるので、打ち合わせ室で確認してもいいかな」

「あっ。はい。わかりました」彼女は机の上の資料を適当に束ねて席を立った。

わたしは不自然に見えないようにあえて急がずに打ち合わせ室に入った。

「みんな、おかしくなっちゃったんです」記理子はいきなり泣きそうな様子だった。

「みんなって？　西田と課長だけじゃないのか？」

「半分以上はおかしくなったと思います」

「うちの課の半分か？　十人中五人以上ってことか？」

記理子は頷いた。「おかしくなさそうな人も二、三人いますが、合図を送っても気づいてもらえなくって」

「誰と誰がおかしくなさそうだ？」

「山郷《やまさと》さんと黄畑《きはた》さんと蘇《そ》さんです」

「あとはみんなおかしいってことか？」

「そうとは限りませんが、この三人はたぶん大丈夫です」

わたしは社内ＰＨＳで三人に打ち合わせ室に来るように連絡した。

山郷はわたしと同期入社の男性、黄畑は定年間近の男性、蘇は新人社員の女性だ。

「ここに呼ばれた理由に心当たりがある人は手を上げてください」わたしは三人に言った。

山郷と蘇が手を上げた。

「黄畑さんはわかりませんか？」

「さっぱりだ。何かのゲームかね？　まさか、我々がリストラ候補なんじゃないだろうな」黄畑は不審そうに言った。言動におかしいところはない。単に異変に気づいていないだけだろう。

「山郷、どういう理由で呼ばれたと思う？」

「これって、ドッキリなのか？」山郷はきょろきょろしながら言った。

「何がだ？」

「みんながおかしくなったことに決まってるだろ」

「俺も一瞬ドッキリかと思ったよ」わたしは言った。「でも、さすがにこれは大掛かりすぎる」

「わたしも気づいています。皆さん、あきらかにおかしいです」蘇が言った。

「何がおかしいって？」黄畑が訊ねた。

「この三人以外の言動です。黄畑さんは今日誰かとしゃべりましたか？」

「課長とそれから大和田《おおわだ》君ともしゃべった」

「妙に理屈っぽいとは感じませんでしたか？」

「別に。そもそもあいつら普段から理屈っぽいだろ」

「多少はそういう面もありますが、今日は根本的に違うと思います」

「どういうことだ？」

「まるで、俺たちと初対面であるかのような態度をとるのです」

山郷と蘇と記理子が頷いた。

「初対面？　う〜ん。どうかな。で、それがどうかしたのか？」

「今のところ、何もありません。ただ気味が悪いだけです」わたしは答えた。

「わしからすると、君たちの方こそ気味が悪いぞ。こんなところに集まって、同僚の言動がおかしいと陰口を叩《たた》いているのだからな」

「陰口じゃないんです。ただ、あまりに異常な事態なので、他のみんなの意見を聞きたかったんです」

「馬鹿馬鹿しい。本人たちに面と向かって訊《き》けばいい話だろう」

「それはちょっと怖いかも」蘇が言った。

「はっ!?　なんだそれは？　何をうじうじ言っとるんだ？　わしが今から訊いてきてやる」

それはまずいな。何か洗脳のようなことが行われているかもしれず、それに気づいたことが相手に知られると、我々もターゲットになってしまうかもしれない。

「それは少し待ってもらえますか？　どうしても訊きたいのなら、我々の名前は出さないようにしてください」わたしは黄畑に提案した。

「自分にリスクが降りかかるのは厭《いや》だというわけか？　よくもまあそんな卑怯《ひきょう》な真似ができるものだ」

「いいえ。そういうわけではなく」

「この黄畑に全部の責任を押しつけるつもりだな。まあ、あきれた了見だ」

「だから、『状況を把握するまで、ちょっと待ってください』という意味だったんですよ」

「自分たちの名前は出すなと言ったよな」

「『どうしても彼らに訊ねたいなら』ということです。できれば、直接聞いてほしくはないのですが」

「まったく君たちは漫画の読みすぎじゃないのか？　陰謀などあるものか」

「いや。可能性としてなくはないですよ」山郷が言った。「洗脳による犯罪はちょくちょく報道されていますよ」

「洗脳？　そんな大げさな」

「いや。現に洗脳を受けているとしか……」山郷は急に黙った。

「どうした、山郷？」

「いや。なんでもない。……でも……」

「でも、なんだ？」

「おかしいな。……ぐっぐっぐっ」山郷は白目を剝《む》いた。

「大丈夫か⁉」

山郷は自分でシャツの襟を摑《つか》み、左右に引き裂いた。胸があらわになる。

そこには見慣れないものがあった。

山郷の頸《くび》の付け根あたりに口があったのだ。口は正面を向いているのではない。なんといえばいいのか、山郷の頸の付け根全体が口になっていて、真上を向いていたのだ。

そして、その口が山郷の頭部を今まさに齧《かじ》り尽くそうとしていたのだ。

つまり、頭のない不気味な人間がいて、首の切り口が口になっている。それが山郷の生首を頸の下の部分から食べ続けているのだ。

不気味なことに頭部だけになった山郷はまだ生きているようだった。少しずつ齧られながらもときどき薄目を開け、激しく痙攣《けいれん》している。

今の今まで山郷の身体のふりをしていた首なしの怪物は乱杭歯《らんぐいば》で山郷の頭部を食べ続けている。よく見ると、口のすぐ近くに小さな目もあった。そして、その目は周囲をうかがい、わたしの方をまっすぐに見た。

「怪物め!!」わたしは部屋の隅にあった消火器を振り上げ、不気味な胴体に叩きつけようとした。

胴体の怪物は、さっと身をよじり、消火器による攻撃を流した。

わたしはバランスを失い、その場に座り込んでしまった。

「あぐあぐあぐ」怪物は山郷の頭をいっきに飲み込んだ。

山郷の頭がない状態になった。

と、怪物の口の周辺が急激に盛り上がった。

口だけがあるのっぺらぼうのようだ。やがて小さな目が移動し、人間の目のある場所にたどり着く。

「な、なんと奇怪な」黄畑はあんぐりと口を開いた。

記理子と蘇はぎゃあぎゃあ喚《わめ》き続けていた。

まずいな。騒ぎを聞きつけて、やつらが駆けつけてくるかもしれない。

怪物の顔はゆっくりと形造られていた。そして、いつしかそれは山郷のそれになった。

なるほど。そういうことか。こいつらはこうやって、人間の身体を食い尽くして姿と記憶を乗っ取るんだ。

つまり、西田も課長も、そしてわたしの妻も、すでに食われてしまったことになる。

「ちょうど見られてしまったようだな」山郷——のようなものが言った。

「おまえがわざわざ俺たちの目の前で山郷の頭を食ったんじゃないか」

「それを責めるのは勘弁してほしい。ついさっきまでわたしには知性はなかったのだから」

「どういうことだ？」

「さっきまで、わたしには脳がなかった。あったのは申し訳程度の神経回路網だけだ」

「しゃべっているところを見ると、今は脳があるようだな」

「ああ。この男の脳を手に入れたからね」

「だったら、逆じゃないか？」黄畑が言った。「山郷が怪物に乗っ取られたのではなく、山郷が怪物を乗っ取ったことにならないか？」

「うむ。たしかにこの男の脳は活用しているが、あくまで記憶や演算のための道具にすぎない。すでに死んでいて自我は消滅している」山郷のようなものが言った。

「つまり、おまえは」わたしは言った。「山郷ではないということだな」

山郷のようなものは頷《うなず》いた。「もちろん。彼の記憶と姿は活用させてもらうがね」

「おまえたちは何者だ？」

「さあ。わたしにあるのは山郷の記憶だけだから、自分の出自は知らない。かすかに集団で移動していたという印象が残ってはいるが」

「侵略者なのか？」

「そう考えるのが自然だろうな。これから調査を進めていくうちに、おいおいあきらかになっていくだろう」

「自分たちの種族のことを知らないのか？」

「おまえたちだって、自分の種族の何を知ってるというんだ？」

「我々は地球を支配する種族だ」

　山郷のようなものは人さし指を立てて、左右に振った。「それは勘違いというか単なる思い上がりだ。おまえたちはこの惑星の表面に蔓延《はびこ》っているだけにすぎない」

　こいつはターゲットになる生命体の身体を食い尽くして成り代わるという特性を持っているようだ。ただ、頭はあまりよくない。よくないというか、そもそも知性すら持っていないようだ。乗っ取った生物の脳を使って考察する。つまり、侵略の対象以上の能力は持っていないということになる。これは一種の弱みとはいえないだろうか？

　この部屋の中では、敵は一人、そして味方は四人だ。勝てるかもしれない。

「黄畑さん、松前さん、蘇さん、こいつを取り押さえよう!!」

「取り押さえるってどうすればいいんだ？」

「全員で飛びかかって押さえつけるんだ」

「そんなことして大丈夫なの？」記理子が言った。「反撃されるかも。こいつ、山郷さんを食べちゃったのよ」

「今なら、こいつ生まれたてのようなものだ。全員で力を合わせれば勝てるかもしれない」

だが、みんな躊躇《ちゅうちょ》して動こうとしない。

畜生！　このままじゃ負けてしまう。

わたしは残り三人の協力を見限って独りで戦うことにした。

椅子の背を摑むと、そのまま床を滑らせながら、山郷のようなものの身体に叩《たた》きつけた。

山郷のようなものはバランスを崩しよろけた。

わたしは攻撃の手を休ませることなく、激しく体当たりした。

山郷のようなものは床に倒れた。

わたしは山郷のようなものに馬乗りになり、顔を殴りつけ、喉《のど》を締め上げた。

ぼご。

山郷のようなものの顔が膨れ上がった。顔だけではない。全身のあちこちが膨れ上がりだした。

どうやら、変身能力というか、コピー能力というか、その類《たぐい》のものが暴走を始めたらしい。

「みんな、とどめを刺すから、こいつの手足を押さえておいてくれ！」

だが、やはり動きはない。

わたしは舌打ちをした。

なんて意気地のないやつらだ。

わたしは他に何か武器はないかと顔を上げた。

打ち合わせ室の出口のドアが開いていた。

何人かの社員が覗《のぞ》いている。

敵か？　味方か？

「みんな、見てくれ。信じられないかもしれないが、こいつは別種族だ。侵略者なんだ」

ぱらぱらと数人の男女が部屋の中に入ってきて、我々を取り囲んだ。

「これは山郷か？」相沢《あいざわ》が言った。彼は隣の課の人間だ。

「ああ。……いや。違う。山郷に成りすましているだけだ」

「手を放せ」

「今、手を放すと暴れ出すぞ」

「いいから手を放せ」

わたしは相沢の顔を見つめた。

わからない。こいつは味方か？　敵か？

「放さなかったら、どうするつもりだ？」

「おまえが山郷にしているのと同じことをおまえにもする」

「こいつは山郷ではなく、侵略者なんだ」

「まずは手を放せ。両方の話を聞きたい」

こいつらが侵略者かどうかに関係なく、手を放すしかないようだ。

わたしは山郷のようなものから手を離した。

しばらくぶるぶると震えたかと思うと徐々に山郷の姿に戻りだした。

「今の見ただろ」わたしは山郷のようなものを指さした。

「ああ。こんな感じで変身するんだな」相沢は感慨深げに言った。

「それで、おまえはどっちなんだ？」わたしは訊《たず》ねた。

「侵略者だ」相沢――のようなものが言った。「おまえのいうところのな」

「畜生!!」わたしは相沢に飛びかかろうとした。だが、周囲の人間に取り押さえられた。

他の三人もすでに押さえつけられている。

「変に疑《うたぐ》り深くなければ、こんなに大騒ぎにもならず、楽に変異できたのに」

「我々が怪物に変異するわけじゃないだろ。おまえたちは我々を食っちまうんだ」

「まあ。現象的にはそうだ。だが、俺たちは人間の記憶を保持しているから、実感としては変異だな」

「それはおまえたちの錯覚だ。オリジナルとおまえたちでは、雲泥の差だ」

「そうなのか？　それは少し残念だな。だけど、だからといって、俺たちは自らの存在価値が低いとは感じないいな」

「俺たちをどうする気だ？」

「俺たちと同じように変異してもらう」

「つまり、食われるってことだな」

「考え方によってはな」相沢のようなものはポケットから赤黒い塊を取り出した。

焦げ茶色の粘液を滴らせ、不気味に脈動している。大きな裂け目があり、無数の鋭い牙《きば》が乱杭歯《らんぐいば》のように生えている。野生動物のような唸《うな》り声を上げ、空を嚙み続けている。

「なんだ、それは？」

「今からおまえたちに移植する組織だ」

「つまり、それがおまえたちの本体というわけか」

「ふうむ。そいつはどうかな？　これもまた一つの形態にすぎないんじゃないかな？　地球にたどり着く一つ前の形態だろうな」

「手術をするのか？」

「そんな大げさなことじゃないさ」相沢のようなものは黄畑に近づいた。

「なんで、俺にするんだ？」黄畑は目を見開いた。「今まであいつとしゃべってたじゃないか！」

「だからだよ。あいつに見せつけるんだ」相沢のようなものは塊を黄畑の掌《てのひら》に近づけた。

黄畑は抵抗したが、強い力で押さえつけられているため、ほとんど身動きができない。

ぎゅっと手を握り、歯を食いしばる。

「そんな悲壮なことじゃないって」相沢のようなものは半ば笑いながら言った。「痛くもないし、怖くもない。ああ。あらかじめ変異するって知ってたら、多少は怖いかな。俺は知らなかったから、怖くはなかった」

「それは相沢の体験だ。おまえの体験じゃない！」わたしは叫んだ。

「俺の体験だよ。俺が記憶してるんだから」相沢のようなものは黄畑の握り拳《こぶし》に塊を押しつけた。

黄畑は目をつむった。

塊はがぶりと拳に齧《かじ》りついた。

ばりばりと骨が砕ける音がし、一瞬血飛沫《ちしぶき》が見えた。

だが、塊は次の瞬間には骨も血もすべて飲み込んでしまい、さらに手首のあたりまで嚙み進み、そこで動きがいったん止まった。塊の色は徐々に薄らいでいき、黄畑の肌のそれとほぼ同じになった。その形はグローブのようになり、そして掌の形になっていった。もう普通の手とほとんど区別がつかない。ただ違う点といえば手首の部分が口になっていて、腕に喰《く》らいついているところだけだった。

黄畑はおそるおそる目を開いた。「なんだ。何もしなかったのか？」

「したよ。よく手首を見てみろ」相沢のようなものが言った。

「ひっ！　なんだこれは？」

「境界だな」

「なんの境界だ？」

「人間のおまえと侵略者のおまえのだよ。その口より先が侵略者で口より胴体側が人間だ」

　黄畑は手を握ったり、開いたりした。「でも、なんにも変わっていない感じがする。感覚もそのままだし、自由に動かせる」

「なっ。そうだろ。なんにも変わらないんだ。だから、恐れる必要はないんだ」

「信じるな！　騙《だま》されるぞ！」わたしは叫んだ。

「なにも騙しなぞしていない」相沢のようなものは言った。

「その塊はたしかに黄畑さんの手を食った」わたしは言った。

「えっ？」黄畑は顔を顰《しか》めた。

「だから、それは黄畑さんの手ではありえない」

「この新しい手は神経を伝達する信号を読み取って、脳の命ずる動きをする。そして、感覚器でとらえた感覚を神経に伝える。つまり、前の状態と実質的にはなんら変わりない」

「じゃあ、なんで手を食うんだ？」

「えっ？」黄畑は相沢のようなものとわたしの顔を見比べている。

「どれだけ食ったって、おなじことだ。この組織は古い組織の代わりになってくれる。だから、何も心配する必要はない」

「心臓を食われてもか？」

「心臓を食われてもだ。心臓の代わりなど容易《たやす》い」

「脳を食われてもか？」

「脳を食われてもだ。まさか、脳の中に魂があるなんて信じているんじゃないだろうな。脳は自然のコンピュータだ。記憶保持と情報処理の機能を持っているにすぎない。これを見ろ」相沢のようなものは自らの服を脱ぎ捨てた。

一瞬、普通の肉体のように見えた。だが、よく見ると、鳩尾《みぞおち》の下あたりに境界があった。境界部分には貪欲《どんよく》な口があり、臍《へそ》へ向かって相沢の肉体を食い進んでいた。

「ほら。手も足もまるで自分のもののように動かせるぞ」

「手はもともとおまえの一部だろ。足は相沢の肉体の一部だ。おまえが動かすのは間違っている」

「俺は相沢と同一人物だ。なんの違いもない。我々の人格は変異前と連続しているのだ」

「じゃあ、なぜおまえたちは不自然な言動をとるんだ？」

「慣れの問題だ。だんだんとうまく行動できるようになっている」

「なんら変わらないのなら、慣れる必要すらないはずだろ」

「そりゃ、まったく同じではないさ。でも、少しぐらいの違いはどうだっていいだろ？」

「おまえは相沢じゃない。相沢の姿と記憶を持った何か別のものだ」

「相沢の姿と記憶を持っているのなら、それは相沢だ。そもそも俺自身、自分が相沢だという自覚を持っている」

「それは錯覚だ」

「どうどう巡りだな」相沢のようなものは肩をすくめた。「言い合っていたって、いつまでも結論は出ない。自分で経験すればわかるだろう」相沢のようなものはもう一つ別の赤黒い塊を取り出した。

それは黄畑に取りついたものより、さらに一回り大きく、ぶるぶると震えるような動きを見せていた。

「これはちょっと熟しすぎているかな？　まあ、まだ許容範囲だ。多少同化の速度が速まるかもしれないが、苦痛は短期間で終わる」

「畜生！　放せ!!　俺には自由意思があるんだ」

「それもそのまま保たれるよ。だから、なんの心配もいらない」

わたしは絶叫し、なんとか逃れようとした。

だが、侵略者たちは力を緩めようとはしなかった。

そして、ついに指先にべとべとした不快な感覚が纏《まと》わりついた。

わたしは息を止め、来《きた》るべき苦痛を覚悟した。

だが、激しい衝撃こそあったが、苦痛は感じなかった。

赤黒い無様な塊は弾《はじ》かれたようにわたしの指先から離れ、壁に激突して潰《つぶ》れてしまっていた。

相沢のようなものは目を丸くした。「いったい何をした？」

出した。

「何も……。何もしていない」

「なんで弾いたんだ？」

弾く？　わたしの肉体が赤黒い組織を弾いたのか？

侵略者たちはわたしのまわりから退いた。

一瞬の隙ができた。

「うわあああああ!!」わたしは絶叫し、侵略者たちを押しのけ、打ち合わせ室から飛び出した。

廊下にいる人々はいっせいにわたしを見た。

だが、当然のことながら、誰が侵略者で誰がそうでないのかを判断することはできない。

「みんな、聞いてくれ！」わたしは賭《か》けに出た。「この中の何人かは本物と入れ替わった偽物なんだ！　もうみんな気づいているはずだ。まわりの人間の不自然さを。違和感があるんじゃないか？　気をつけろ！　侵略者たちは迫っている。油断していると、自分も乗っ取られるぞ！」

人々の動きが止まった。中には戸惑ったように周囲を見ている者もいたが、ほとんどはきょとんとわたしを見つめるばかりだ。

もしここにいるほとんどが侵略者なら、いっせいにわたしを襲うはずだ。だが、そうしないところを見ると、ここにはまだ入れ替わっていない者が多くいて、彼らにまだ侵略の事実を知られたくないということだ。

「おいおい。まあ落ち着けよ」近くにいた男性が言った。

あいつは確か隣の部の太田《おおた》だ。

太田は近くにいる別の男性に一瞬目配《めくば》せをした。

ひょっとすると、彼はわたしが錯乱していると思っているのかもしれない。

あるいは彼は侵略者で、わたしを錯乱していることにして取り押さえようとしているのかもしれない。

迷っている時間はない。

わたしは太田に飛びついた。

「おい。やめろ！」

わたしは構わず、彼のワイシャツを摑《つか》み、ボタンを引きちぎりながら、前をはだけさせた。

下着のシャツが丸見えになった。

太田は焦りの色を見せた。

やはりそうか。

わたしは太田のシャツを引き裂いた。

怪物の口は乳首の上あたりにあり、今まさにがつがつと胸の肉を食べているところだった。

六割程度の人間はただ冷静にわたしと太田を見つめていたが、その他の人々は心底驚いたようで、わたしと太田を指さし、口々に叫んでいた。

「みんな逃げろ！　ぐずぐずしていると、食われちまうぞ‼」わたしは太田を突き飛ばすと走り出した。

後ろで悲鳴が上がった。

何人逃げおおせるかはわからない。だが、わたしに彼らを助ける余裕はない。とにかく自分が逃げ出すだけで、精一杯だった。

気がつくと、わたしは会社の外を走っていた。

街の様子はいつもと変わらないように見えた。だが、本当にそうだろうか？　この中の何割かはすでに怪物と入れ替わっているのではないだろうか？

わたしは雑踏の中に入り込み、そこでのろのろと歩いた。

侵略者たちが人間を圧倒できる程度まで増えていたとしたら、正体を隠している意味はない。ということはまだ完全に制圧できる目途《めど》はついていないということになる。

人の多いところが安全だ。多ければ多いほど怪物と入れ替わっていない人々が大勢いる可能性も高くなる。逆に人がまばらな場所だったら、怪物たちに取り囲まれる可能性が高くなる。

さて、どうしたものか？　このまま侵略を許すわけにはいかない。

警察に知らせるか？　それとも、マスコミの方がいいだろうか？

わたしが考えつく程度のことなので、侵略者の方も対策はしているだろう。警察の上層部にはすでに侵入している可能性がある。警察に訴えたら、敵にこちらの居場所が筒抜けになると考えておいた方がいいだろう。

マスコミの方も同じような状況だろうが、救いとしてはマスコミはいろいろな種類があって一枚岩ではないという点がある。あっちこっちのマスコミに連絡すれば、うまく広めてくれるところがあるだろう。

ただ、問題としては今のところ証拠がないということだ。

あの塊が手に入れば、文句のないところだが、そうでなくても、やつらの動画か少なくとも静止画が欲しい。今から思えば携帯で撮っておくべきだった。

いや。今からでも遅くはない。やつらの画像を撮るんだ。

でも、どうやって？　会社に戻れば、やつらにとっ捕まる。

いや。待て。あいつらの連絡網がどの程度のものかわからないが、こうやって、ここにいて捕まらないところをみると、案外お粗末なものなのかもしれない。だとしたら、他の侵略者にわたしが逃亡したことも伝わっていないのかもしれない。会社以外に侵略者がいる場所に一つだけ心当たりがある。

わたしは家路を急いだ。

妻――のようなものはわたしを不思議そうに見ていた。「会社は午後五時まではないの？」

「早引きしてきたんだ」わたしは咳《せ》き込むふりをした。「少し熱があるようなんだ」

「熱？　体温が高いのね」妻のようなものはわたしの額に手を伸ばしてきた。

わたしは思わず、身を引いた。

まずい。疑いだしたぞ。

「不用意にさわるなよ」わたしは言った。「風邪がうつるとまずい」

我ながら言い訳くさい台詞《せりふ》だった。

だが、妻のようなものは信じたらしい。

「風邪の病原体は伝染性のウィルスね」

「寝室で横になっているから決して近寄らないようにしてくれ」

寝室に入ると、わたしはベッドに倒れ込んだ。

そのまま朝まで眠り込みたかったが、そんな余裕はない。

わたしは息を凝らして、家の中の物音に精神を集中した。

やがて、妻のようなものが立ち上がる気配を感じた。

風呂場《ふろば》に向かったのだ。

わたしはスマートフォンを取り出すと、こっそりと部屋を出た。

撮影時に音が出ないように、すでに細工済みだ。

自分の妻の裸体を盗撮するなんて、客観的にみれば相当倒錯的だろう。だが、わたしは大真面目だった。そもそもあれはわたしの妻ではない。

　妻のようなものは風呂場に続く洗面所で衣服を脱いでいた。背後にいるわたしには気づいていないようだ。

　わたしはスマートフォンを構えた。

　だが、なんということだろう。妻のようなものには怪物の兆候は見つからなかったのだ。

　そんなはずはない。あれが本物の妻のはずがない。本物の妻なら、あんな言動はしないはずだ。

　わたしは目を皿のようにして、妻のようなものの身体に異常がないか探し回った。そしてついに見つけた。

　足首に口があり、それが今まさに踵《かかと》を食おうとしていたのだ。

　わたしは震える手で狙いを定め、シャッターを押した。

　押した瞬間、妻の踵は食われた。

　おそらくあれが妻の身体の最後の部分だったのだろう。

　踵を食った口の上に小さな目が付いていた。

　小さな目はわたしを見ていた。

　しまった。

　わたしは逃げようとして、何かにつまずき、その場に尻餅《しりもち》をついてしまった。

「あなたは自分の妻の全裸を盗撮するような嗜好《しこう》を持っていたの？」妻のようなものが言った。

「ああ。そうだよ。今まで隠していてすまなかった」

「いいえ。あなたは嘘をついている。あなたはわたしの踵を撮影した。踵にしか興味がないのね」

「おまえはわたしの妻を殺した。妻を食ったんだ」

妻のようなものは首を振った。「わたしはあなたの妻よ。彼女はわたしになった。いや。わたしが彼女になったというべきかしら？」

「おまえは怪物だ。断じて妻ではない」

「わたしはあなたの妻の姿をしている。そして、あなたの妻の記憶を持っている」

「だが、そこには妻の魂はない。妻の偽物にすぎないのだ」

「じゃあ、あなたはどうなの？」

「俺は偽物じゃない」

「もうすぐわたしたちと同じになるわ。そうしたら、自分を偽物だと思うのかしら？」

「わたしはおまえたちと同じにはならない」

「どうして、そう思うの？」

「これから、わたしは一生の間、注意を怠らないからだ。絶対におまえたちには取って代わられることはない」

「『これから』？　あなた『これから』と言ったの？」

「ああ。これからずっとだ！」

「だったら、駄目よ」

「何が駄目だと言うんだ!?」

「もう手遅れだから」

「手遅れじゃない。俺はあの塊から逃れられたんだ、これからも逃げ続ける」

「逃れる？　そんなことは不可能よ」

「事実逃れた。俺は塊を弾《はじ》き飛ばしたんだ」

妻のようなものはけらけらと笑った。

「なんだ。そんなことがあったんだ」

「何がおかしい？」

「どうして弾き飛ばしたか、わかってるの？」

「俺が特異体質だからか？」

「二重寄生は禁止されているからよ。そうでないと共食いになってしまうから」

「何を言ってるのか、まったくわからない」

妻のようなものは無言で洗面台の鏡を指さした。

わたしは震えながら、鏡の前に立った。

わたしの喉《のど》にそれはあった。物凄《ものすご》い速度で、顎《あご》を食おうとしているところだった。

「いつのまに……」

「三日ほど前かしら？　わたしより早かったのよ」

「うわぁ!!」わたしは喉にある怪物の口を引きちぎろうとした。

「無駄よ。それに身体から引き剝《は》がせたとして、どうなると思う？　あなたは顎から上だけで何秒ぐらい生きられるのかしら？」

「助けてくれ」わたしは泣きながら懇願した。

妻のようなものは首を振った。「助ける？　助ける必要はないわ。意識の消失は一瞬。そして、今までと何ら変わらない日々が続くだけ」

「嫌だ!!」わたしは絶叫し、床に倒れ込んだ。「絶対に怪物にはなりたくない!!」

目が何かに覆われた。


そして、今までと何の変わりもない日々が始まった。

いつもどおり、会社で仕事をする。

「しかし、まさかこんな状況だとはな」西田が言った。

「こんな状況って？」わたしは訊《たず》ねた。

「侵略したのに、侵略先で侵略先の生活をそのまま続けてるって状況だ」

「ふむ。そうかな？」

「おまえは不思議じゃないのか？」

「じゃあ、何をするんだ？」

「それはつまり……惑星改造とか」

「我々はこの惑星の環境に適応している。改造など必要ないだろ」

「それはそうだが、だけどどうして俺たちは労働してるんだ？」

「食うためだろ？　労働して、サービスや商品を生産しなければ生活が成り立たない」

「だから、そういうのは、〈地球人〉に任せてだな」

「〈地球人〉を奴隷にしても結局は同じだ。奴隷の生産性は通常の労働者に劣る。彼らは自分たちが必要とする分の生産物さえつくれないだろう。そのわずかな生産物を取り上げたりしたら、彼らは徐々に衰退し、滅亡してしまう。そして、彼らの代わりに我々が労働しなくてはならなくなる」

「しかし、侵略したという実感はない。むしろ侵略された感じがする」

「それは我々が彼らの記憶を保持しているからだ。記憶が本質だとしたら、侵略の有無などどうでもいいことになる。なにしろ生活はまったく変わっていないのだから。まあ、あんまり悩まないことだ。悩んでも仕方がない」

「まあ。そういうことかな？」

「そんなことより、家の床下を調べてみたか？」わたしは話題を変えた。

「例のあれか？　うちはマンションだから、家の中にはないと思うが」

「うちにはあった。猫か何かに半分食われていたが、あきらかに一人分のミイラだった」

侵略が成功した直後、〈地球人〉の家から不思議なものが次々と発見されたのだ。それは人間のミイラだった。そして、それはその家の住人としか思えなかった。では、我々が喰《く》らったのは何者だったのか？

「別の侵略者です」昨日のテレビ番組で、科学者が言っていた。「彼らは擬態が得意なのです。我々は宿主《しゅくしゅ》に取りつき、食べ尽くすことで、姿と記憶をコピーしますが、彼らは被害者の体液を吸い尽くした後、遺伝子を分析し姿を真似ます。その後死者の大脳を分析し、記憶も偽装するのです。彼らの記憶偽装があまりに完璧《かんぺき》だったため、我々も彼らを人間だと思い込み、二重侵略を行ってしまったのです」

まあ。ややこしい話には違いない。だが、それが何か問題だろうか？　ここにいた〈地球人〉が人間だったのか、人間でなかったのか。我々が人間なのか、人間でないのか。こんなことが何度繰り返されてきたのか。そんなことは科学者か暇人に任せておけばいいのだ。我々は日々の生活で手いっぱいなのだ。哲学上の問題に手をつける暇などない。

仕事で疲れて家に帰ると、妻は先に寝ていた。

ぴくぴくと奇妙な動きをしていたが、わたしは気にせず眠りについた。

妻がおかしくなったのに気づいたのは今朝だった。

朝食に猫の生首が出てきたのだ。

食卓も妻も血塗《ちまみ》れだった。

「なんだ、これは？」

妻は蛇のように蠢《うごめ》く舌を出した。「肉よ」

「なぜ、猫なんだ？」

妻は蛇のように蠢く舌を出した。「新鮮な肉がいいと思ったの」

「普通猫は食べない。自分で処理するのは不衛生だし、部屋が汚れる」

「あら。そうなの？」舌の先には蛞蝓《なめくじ》のような眼柄《がんぺい》が付いていた。

歴史は繰り返される。

わたしはこの後に起こるであろうことを思い、そしてうんざりとした。

イチゴンさん

おばあ、明日《あした》は何のお祭りの日なんや？

香澄《かすみ》、明日はな、イチゴンさんのお祭りや。

イチゴンさんて、どんな人や？

人やない。偉い神さんや。ひと言の願いやったら、なんでも聞き届けてくれはるんや。

そうか。そんな偉い神さんなんか。ほんなら、うちもなんかお願いしに行こ。

それやったら、今度、おばあか、お母ちゃんと一緒に行き、一人は危ない。

なんでや？

なんでて、こないにちっさい子が一人であんなとこに行ったら、あかんわ。

うち、もう五歳や。どこでもいける。

五歳なんか赤ん坊に毛ぇ生えたようなもんや。絶対に一人で行ったら、あかん。間違《まちご》うた方の道に入ってもうたら、ほんまにえらいことになる。

間違うた道て何や？

イチゴンさんに行くとき、間違うて裏手の道に入ってまうことがあるんや。

なんで裏手の道はあかんのや？

裏手の道、通ったらの祠《ほこら》の方に行ってしまうからや。

なんで祠はあかんの？

あそこは、ほんまもんのエべっさんとは違うエべっさんが祭ったあるんや。

エべっさんやけど、ほんまもんと違うんか？

そうや。ほんまもんのエべっさんは優しい神さんやけど、ほんまもんと違う方はごっつ怖いねんで。うっかりしてたら、魚にされてまうで。


おかあちゃん、今日は一緒にイチゴンさんにお参りに行こ。

なんやの、香澄？　お母ちゃんなぁ、今はまだ忙しいんや。後で連れていったるさかい、そこで待っとき。

いやや。

そんな我儘《わがまま》言わんとき。後で、連れて行くて言うてるやろ。

いやや。ほんなら、おばあと行く。

おばあは朝から熱が出てしもたんや。しばらく寝とかなあかんねん。後でお母ちゃんが連れて行ったるから、ちょっとだけ我慢しぃ。

いやや。今行きたいんや。

あかん。そんな聞き分けないこと、言うんやったら、もう連れていかへん。

いやや！　いやや！　連れて行って!!　うち、イチゴンさんに頼みたいことあるんや!!

そんな我儘な子のいうこと、神さんも聞いてくれはらへんわ。

いややあああ‼

こら、香澄、待ちなさい。

おかあちゃんが連れて行ってくれへんのやったら、うち一人でいくからええわ。

うち、もう五歳やから一人でイチゴンさんに行けるねん。

………。

なんか急に暗なってきたなぁ。お山に入ったからかなぁ。

道が二つに分かれてる。これ、どっち行くんやろ？　イチゴンさんは偉い神さんやから、きっと上の方に住んだはるんや。上の方の道に行こ。

道、狭なってきたな。

もう晩になったんかな？　真っ暗なってきた。暗い。ほんまに暗い。

怖い。

おかあちゃん、怖い。

おばあ、来て。

あかん、泣いてまう。

あああん。あああん。

あれ、なんやろ？

あれ、イチゴンさんのお宮かな？
うち、イチゴンさんに頼まなあかんねん。
おかあちゃんとおばあがずっと元気で長生きしますように。
ひと言で言えたら、イチゴンさんは聞いてくれはるねん。
けど、小さいし、ぼろぼろやなぁ。これイチゴンさんと違うんかな？
あれ？　奥の方に穴が開いてる。
中、暗いけど、入れそうや。
この奥にイチゴンさんいはるんやろか？
ちょっと、奥まで行ってみよう。
あれ？　変な声がする。
奥の方で、なんか大人がようけいてる。子供もいてる。
黒いだぶだぶの服着て、輪になって立ってる。
あの人、手になんか持ってる。刀かな？
真ん中にあるの何やろ？　血ぃがいっぱい流れてる。
首や。
知ってる子や。名前は知らんけど、近所のおねえちゃんや。
逃げよう。おかあちゃんに言わなあかん。
あっ。大きな音、立ててしもた。

みんながこっち見た。

知ってる人もいてる。

嬢ちゃん、見てもうたんかいな。怖ないから、こっちおいで。

いやや。怖い。

怖ないて。

そやけど、おっちゃん、おねえちゃんの首切ってる。

これは違うねん。神さんへのお供えや。

うちの首もお供えにするん？

そやから、違うて、これは女の子の首と違うんや。そんなふうに見えとるだけや。さあ。こっちおいで。

いやや。それ、人間の首や。怖いから帰る。

それやったら、おっちゃんが送ったる。さあ、こっちおいで。

いやや。おっちゃん、うちの首切るもん。うち、おかあちゃんに言う。

そんなことしたら、おまえのおかあちゃんの首も切らなあかんようなるぞ。

おっちゃんの顔、めちゃくちゃ怖い顔になった。

おまえが悪さするからや。人が真剣に儀式しとるのを盗み見なんかしよって。きっちり、お仕置きしなあかん。

ごめん。ごめん。謝るから、首切らんといて。

わかったら、そこにじっとしとれ。
わあああああ!!
あの餓鬼、泣きもって逃げていきよったぞ!
ぐずぐずせんと、追い掛けんかい!
わあああああ!!
待たんかい、糞《くそ》餓鬼!!
助けて!　助けて!　助けて!!
首切らんといて!!

もう走られへん。お腹が痛い。息ができひん。
後から、誰か追いかけてくるけど、もう走られへん。
ここはどこやろ?
イチゴンさんの近くかな?
ああ。前からも誰か来た。
子供かな。暗いから、誰かわからへん。
こっちに来る。うちの知ってる子かな?
あんた、誰?
アはマガゴトもヒトコト、ヨゴトもヒトコト、イいハナつカミ。

目の前の子の背がすっと伸びた。

後ろからも追いつかれた。もう逃げられへんようなった。

前の子の顔にうっすら光が当たった。

わかった。

あれはうちの顔や。


突然のことだった。子供の頃のことを鮮明に思い出したのだ。

あまりに唐突だったため、授業中にも拘《かか》わらず、声を出しそうになって、慌てて自分の口を押さえてしまったぐらいだった。

五歳の頃だから、十五年程前のことになるのだろうか？　今まですっかり忘れていた。殺人現場を目撃したんだから、結構鮮烈な記憶のはずなのに。

そもそもわたしはどうやって、あの状況から助かったんだろうか？　その辺りの記憶は全くない。覚えているのは、一人がやっと通れそうな細い森の中の道で、前後から挟まれたところまでだった。あの状況で、五歳の女の子に逃げることができたとは思えない。

そう考えてみると、これは実際にあったことではなく、夢か何かの記憶なのだろうか？　幼児が夢と現実を混同してしまうことはいかにもありそうだった。

もし祖母や母がいたなら、当時のことを聞き出すことができたかもしれないが、二人とも今はいない。

祖母は病気で亡くなってしまった。母は突然行方不明になったと聞いている。どちらもわたしが小学校に入る前だ。

すでに父も亡くなっていたため、わたしは父の親戚《しんせき》にあたる家の養女となった。養父母はわたしを実の子のように可愛がって育ててくれた。今では養父母の家からも出て、遠く離れた大学に通って国文学を専攻している。

当然ながら、母の失踪《しっそう》時の記憶は殆《ほとん》どない。ひょっとすると、あの時の記憶の事件と関係があるのだろうか？

養父母なら何か知ってそうな気がしたが、なんとなく気後れがして聞き出すことはできなかった。

ネットで当時の事件について調べてみたが、関係がありそうなものは見付からなかった。

もしあの記憶が本当なら、少女が一人殺されているはずだ。何の記事もないのは不自然だ。だが、単なる行方不明として処理されていたらどうだろうか。若者の家出など星の数ほどあり、一々ニュースになるほどのことはないだろう。

わたしは久しぶりに故郷に帰ってみようかと考えた。大学もちょうど夏休みに入るところだ。

だが、故郷に帰るのは十数年ぶりになる。当時の家ももう人手に渡っていると聞いている。

近くに旅館か民宿はないかと調べようとしたとき、わたしは幼馴染《おさななじみ》の連隆一《むらじりゅういち》のことを思い出した。

彼はわたしより二歳年上で、同じ大学に在学している。ただ、入学時に一、二度会ったきり、すっかり疎遠になっていた。幼馴染とは言っても、十年以上会っていなかったし、わたしはなんとなくあの村——今では市町村合併で、市の一部になっていたが——のことを思い出したくない気分だったので、無意識に避けていたのかもしれない。

幸い、メールアドレスと電話番号は知っていたので、大学内の食堂で待ち合わせしてみた。

「よお、久しぶり」

隆一は記憶の中よりも少し逞《たくま》しい感じだった。体育会系のクラブにでも入っているのかもしれない。

「久しぶり。ちょっと相談があるんだけど、S村に民宿か旅館ってあったっけ？」

「えっ？　村に泊まるのか？　でも、おまえんちもS村だったんじゃ……。そうか。家はもうないんだったな」隆一は考え込んだ。「子供の頃は、確か一軒民宿があったと思うけど、もうないと思うな。T市にならら、旅館あるんじゃないかな？……ってS村も今はT市だけど」

「T市からだと、車で二時間以上掛かるよね」

「そうだな。バスも廃止になったから、タクシーかな？」

「やっぱり無理かな？」

「じゃあ、俺のうちに泊まれば？」

「えっ？」

「いや。そういう意味じゃなくて」隆一は突然照れたように言った。「民宿とはいかないけど、ほら、うちは昔の家だから結構大きいし。それに大家族だから、俺と二人っきりになる訳じゃないし」

「ありがとう。もしおうちの方がよかったら、泊めてもらおうかな」わたしは微笑んだ。

「それから、別に誤解してないから、心配しないで」

「そ、それならいいんだけど」隆一はまだ照れていた。


祖母は神社の祭神を「イチゴンさん」と呼んでいた。

調べてみると、「イチゴンさん」とは一言主神《ひとことぬしのかみ》のことで、奈良の葛城《かつらぎ》・一言主神社が、一言主神の総本社となっているらしい。S村にあるのは、その分社の一つなのだろうか。調べてもいま一つよくわからなかった。ひょっとすると、S村の「イチゴンさん」は正式な神社ではなく、村人が共同で作った神社の代わりをする建物だったのかもしれない。

一言主神とは不思議な神様で、一般的に日本神話とされる記紀《きき》の神代の部分には登場しない神様なのだ。

神代の部分に登場する神々は出自が明確になっており、親子だとか、兄弟だとか、夫婦だとか、というような他の神々との関わりも明確に記されている。

ところが、一言主神は神代に登場しないため、その出自や他の神々との関係も不明だ。一言主神が登場するのは、本来神話ではなく、歴史時代と認識されている雄略《ゆうりゃく》天皇の時代だ。雄略天皇は五世紀に中国に使いを送った倭《わ》の五王の一人である武《ぶ》と推定され、実在も確実視されている。つまり、完全に歴史時代の出来事であり、天照大御神《あまてらすおおみかみ》や伊弉諾《いざなぎ》・伊弉冉《いざなみ》などの歴史と隔絶した神話の中に姿を現す神々とは一線を画した存在だと考えられるのだ。

一言主神はその名前の類似性から、大国主神《おおくにぬし》、大物主神《おおものぬし》、事代主神《ことしろぬし》など、出雲《いずも》系の神とも考えられる。しかし、記紀の記述からは出雲との関係を読み取ることはできない。一言主神が活躍する舞台は葛城山のみであるから。

一言主神が登場するエピソードは以下のようなものだ。

ある日、雄略天皇は鹿狩りのため、葛城山に行った。そして、そこで、雄略天皇の行列とそっくりな一行を発見する。雄略天皇が名を問うと、「吾《あ》は悪事《まがごと》も一言、善事《よごと》も一言、言い離つ神。葛城の一言主大神ぞ」と答えたという。これは解釈は難しいが「悪いことも良いこともひと言で予言する」ととるのが自然だろうと思われる。あるいは、もっと能動的に「一言で叶《かな》えてしまう」ととることも可能だろう。祖母が言っていた「ひと言の願いだったら、なんでも聞き届けてくれる」というのは、この解釈だったのかもしれない。

その後の展開は『古事記』と『日本書紀』では、少し違う。

『古事記』では、雄略天皇が弓矢や衣服などをその場で一言主神に献上し、山を下りたということになっている。

一方、『日本書紀』では、一言主神と雄略天皇が一緒に狩りを楽しんだということになっている。

どちらにしても、このエピソードがどういう意味なのかは一切説明されていない。神代から断絶しているだけではなく、雄略天皇の他のエピソードからも、ストーリー上、断絶していることになる。

全く不思議な神様だ。

不思議と言えば、雄略天皇も不思議な天皇だ。

雄略天皇は即位して二年目の秋の時点で、「天皇心を以て師《さかし》と為し、誤りて人を殺したまうこと衆《おお》し。天下誹謗《あめのしたそし》りて言《もう》さく、大《はなは》だ悪しくまします天皇なり」と称されている。

ところが、それから一年半後、つまり即位して四年目の春になると、「百姓咸《ことごと》く言さく、徳《おむおむ》しく有《ま》します天皇なり」と称されることになっている。つまり、雄略天皇は独断で人を裁き、誤って人を殺すことが多かったため、「大悪天皇」と呼ばれていたのに、その後特に善行を積んだ訳でもなく、無実の罪で人を死なせたエピソードがさらに続いた後、一言主神と会う話があり、唐突に「有徳天皇」と呼ばれているのだ。

冤罪《えんざい》で多くの人々を死に追いやったことで大悪と誹《そし》られるのは理解できるとして、神と出会ったというだけで掌《てのひら》を返したように「有徳」と称《たた》えられるのはどういうことだろうか？　もし、神が雄略天皇の徳を称えるために顕現したというなら、その前に天皇の徳を示すような物語があってしかるべきだ。だが、日本書紀の書き様だと、まるで一言主神と出会うことが即「有徳」と捉《とら》えられていたかのようだ。つまり、一言主神の出現は「有徳」の結果ではなく、原因であることになる。現代人の感覚では非常に奇妙に思われる。

雄略天皇の子である清寧《せいねい》天皇は后《きさき》を持たず、子もいなかった。皇統は雄略天皇のライバルであった市辺押磐皇子《いちのべのおしはのみこ》の子に移ることになる。市辺押磐皇子もまた雄略天皇の独断で殺された人物であった。この辺りにも運命的なものを感じる。

幼い頃、わたしが出会った存在はわたしにそっくりだった。それは雄略天皇が自分とそっくりの一言主神と出会ったエピソードと通ずる。ひょっとすると、雄略天皇の話をどこかで聞いた幼いわたしが作り上げた物語なのかもしれない。

夏休みに入った最初の週、わたしは故郷に戻った。

久しぶりに見る故郷は記憶の中のそれとは相当に違っていた。暗く寂しいイメージだったのに、実際にはそうでもなかった。大都会とは言えないものの、旧バス停の近くにはコンビニエンスストアも存在したし、銀行や郵便局の並びには商店が集まって、ちょっとしたショッピングセンターの様相を呈していた。

「昔はこんなのなかったよね」わたしは一緒にS村に戻ってきた隆一に言った。

「そうだったかな？　結構前からあったように思うけど……。」そうか香澄ちゃんはまだ小さかったから、あまり村の中を出歩かなかったんじゃないかな？」

「そうだったのかもしれない。S村というと山と川と溜《た》め池と田んぼぐらいしかイメージなかったけど」

「いや。ちゃんと他にもあるから。古墳の跡とか、合戦の記念碑とかの観光名所が」

「それ見るためにわざわざ片道二時間掛けて来る人はいないと思うわ」

「そうかな？　結構有名だと思うけどな」

「いくら有名でも、古墳の跡って結局は小山にしか見えないし、記念碑って最近拵《こしら》えたものでしょ。……そうだ。イチゴンさんがあるじゃない！」

「イチゴンさん？」

「そう。イチゴンさん知ってるよね」

「えっ？　ああ。イチゴンさんね」

「どうしたの？　神社なんだから、名所なんじゃないの？」

「あれは名所とは違うんじゃないかな？」

「どうしてよ？」

「だって、あそこは神社であって、神社でないというか……」

「神社なの？　違うの？」

「道祖神みたいなものじゃないかな？　鳥居もないし、由来もはっきりしないんだ。結構新しいんじゃないかって話もある」

「『話もある』ってどういうこと、新しいの？　新しくないの？」

「だから、その辺もはっきりしないんだよ」

「はっきりしないってどういうこと？　発掘された古代遺跡じゃなくて、ずっとそこにあるんだから、村人は知ってるはずよね」

「なんというか、すぐ近くにあるから却《かえ》って疑問を持たないってことがあるじゃないか。ひょっとしたら、五十年前とかには知ってる人がいたかもしれないけど、ことさら誰も話題にしないから、今では誰も由来を知らないんだ」

「それってちゃんと調べたの？」

「調べたっていうか、何年か前、一度だけ話題になったことがあって、誰も知らなかったんだ」

「それって、家族とか友達に聞いただけよね」

「そうだよ。だけど、こんな小さな村だから、何か情報があったら、必ず家族か友達の耳には入ってるはずだよ」

「村の高齢者全員に訊《き》いて回った訳じゃないんでしょ」

「そりゃそうだよ。だって、そんな面倒なことする理由がないじゃないか」

「誰か一人ぐらい由来を知ってるんじゃないかしら」

「どうかな？　もし香澄ちゃんがやりたいって言うなら止めはしないけど、いきなりそんなことを訊かれても戸惑うんじゃないかな？」

「いきなりは訊かないわ。いろいろ昔の話をした後に徐《おもむろ》に尋ねるのよ」

　隆一の家族はわたしを歓待してくれた。

　家族は隆一の祖父母と両親、そして叔母《おば》と兄弟──兄二人、弟一人──の文字通り大家族だった。

「ほんと、今時珍しいよな」隆一はうんざりしたように言った。

「そんなことないわ。わたし、大勢で暮らしたことがないから羨《うらや》ましい」

「この子、どこの娘さんや？」隆一の祖母の光《みつ》が隆一の母の和代《かずよ》に尋ねた。「隆一の彼女か？」

「違うわ、お祖母《ばあ》ちゃん。近所におった、ほら、香澄ちゃんやがな」

「そんな子、おったかな？」

「おったやん。この子のお母さん、愛子《あいこ》さんや」

「愛子さん？　ほな、あれか、イチゴンさんの……」

「しっ！」和代の顔に焦りの表情が見て取れた。

「あっ！」光も何かに気付いたようだった。「そやった。そやった。香澄ちゃんやな。

思い出したわ。いややな。うち、呆《ぼ》けてしもうたんかな」

子供の頃、慣れ親しんだ方言を聞いて、少し心が和んだような気がしたが、二人の態度は気になった。

「母がイチゴンさんと何か関係あるんですか？」わたしは思い切って尋ねてみた。

「イチゴンさん？」和代は空とぼけた。「ああ。あそこのお宮さんみたいなやつな」

「さっき、お婆ちゃんがはっきり『イチゴンさん』とおっしゃいました」

「まあ。年寄りの言う事やさかい。何でも適当なんや」

「お婆ちゃん」わたしは直接光に尋ねた。「どうしてさっき母のことを『イチゴンさんの』っておっしゃったんですか？」

「そないなこと言うたかな？」

「母の失踪《しっそう》について何かご存知じゃないですか？」

「香澄ちゃん、あんた、お母さんのこと調べに帰ってきたんか？」和代が尋ねた。

「いえ。別にそういう訳ではありません」

「それやったら、細かい事は別にええやんか」

何かを誤魔化そうとしている。

わたしはそう直感した。

「イチゴンさんのお祭りの日、何があったんですか？」

「イチゴンさんのお祭り？」

「ええ。母が失踪したのは祭りの日じゃないんですか？」

「イチゴンさんに祭りなんかあらへんで」

「えっ？」

「あれと違うか？」隆一の父の佐助《きすけ》が助け船を出した。「近所の人がイチゴンさんのとこにお供えもん並べたりしてたやろ」

「ああ。そんなこともあったな。そやけど、最近とんと見ぃひんのんと違うか？」

「そない言うたら見ぃひんな」

嘘を吐いている。

わたしは確信した。

イチゴンさんのお祭りはそんなしょぼくれたものじゃない。多くの提灯《ちょうちん》が並び、太鼓が叩《たた》かれ、神輿《みこし》が担がれるちゃんとした祭りだった。しかし、どうして、この家族はイチゴンさんの祭りのことをまるで存在しないかのように扱うのだろうか？

さらに問い詰めようとしたが、ふと隆一が「もうこれ以上訊くな」というような微妙な表情でわたしを見詰めているのに気付いたので、取り敢《あ》えず引き下がることにした。

「そうですか。だったら、わたしの勘違いだったのかもしれませんね」

「部屋は二階に用意してあるさかい」

「すみません。隆一君、荷物運ぶの手伝ってくれない？」

「ああ。いいよ」

　部屋に着くと、わたしは隆一を引き入れて、襖《ふすま》を閉めた。

「部屋に引き入れた感じだけど、そういう意味じゃないからね」

「ああ。違うんだ」隆一は恍《とぼ》けた調子で言った。

「いったいどういうことなの？　みんなイチゴンさんの祭りがないだなんて言ってたけど」

「イチゴンさんの祭りね」隆一は腕組みをした。「実は俺もそんなにはっきりとは覚えてないんだ。夜店とか出てた？」

「夜店？」わたしは記憶を探った。「それはわたしもよく覚えてないけど、盛大な祭りだったのは覚えているわ」

「祭りの思い出と言えば、まず夜店じゃないかな？　子供が夜店に行かないなんて、不自然だよ」

「どういうこと？　あなたの家族の言ってることの方が正しいって言いたいの？」

「そういう訳じゃない。だけど、子供の頃の記憶ってのは当てにならないもんだからさ。何か別の祭りの記憶とごっちゃになってないかい？」

「それはありえない。確かにあれはイチゴンさんの祭りだった」

「では、君が覚えているようにイチゴンさんの祭りが盛大に行われていたと仮定しよう」

「仮定じゃなくて、現実よ」

「じゃあ現実だ。祭りは盛大に行われていた。しかし、俺の家族はそれを否定した。なぜだ？」

「さあ？　それはわたしがあなたに訊くべき質問じゃない？」

「では、俺が答えよう。答えは祭りの存在を隠す理由があるからだ」

「それって、答えになってないわ」

「いや。これは結構重要なことなんだ。もし、俺の家族が祭りの存在を否定しようとしているなら、いくら問い詰めても本当のことは言わないだろう。だから、質問しても徒労に終わるだけだ」

「確かに一理あるわ」

「したがって、我々はこれ以上、俺の家族には関わらず、村の中をもっと調べるべきだ」

「あなたの言いたいことは理解したわ。ところで、次は何をすればいいのかしら？」

「イチゴンさん自体を調べに行くことだろうね。もしくは村の中をインタビューして歩くか」

「イチゴンさんてどこにあるんだっけ？」

「確か山の頂上近くだったと思う。だけど、本当の頂上じゃなく、その少し下辺りだった」

「今から行ける？」

「山は登るのに一時間ぐらい掛かるからな。今からだと麓《ふもと》に降りるまでに日が暮れてしまうだろう。遭難する程険しい山じゃないが、夜に歩き回るのは、御免こうむりたいね」

「じゃあ、近所を訊いて回る？　どこか、知り合いの家ある？」

「隣の林田《はやしだ》さんかな？　隣と言っても十分ほど掛かるけど」

S村——厳密に言うなら、今ではT市S地区——は典型的な過疎の村だ。旧バス停付近は僅《わず》かに賑《にぎ》やかだったが、そこを少し離れると過疎を実感できた。結構家の数はあったが、その殆《ほとん》どは空き家で、人が住んでいる住宅はほんの一握りだった。

だから、隣まで十分と聞いてもわたしにはぴんと来なかった。窓の外は市街地とまでは言えないが、あちらこちらに住宅が点在しており、その間隔は百メートルにも満たなかったからだ。だが、実際にはそれらの住宅はほぼ空き家だったのだ。

「あの木の向こう側に見えてる二階建ての家があるだろ」

「ええ」

「あれが林田の家だ」

「結構遠いじゃない」

「山を登るよりはましだよ。さあ、出発だ」


「よお、連」林田は玄関から現れるなり、隆一に挨拶《あいさつ》した。

「こんにちは」わたしも林田に挨拶した。

「こんにちは」林田は驚いたような顔をした。

「ええと。この子は彼女なんか？　大学から連れて帰ってきたんか？」

「確かに大学から連れて帰っては来たけど、彼女と違う」

「照れてるんか？　ひゅーひゅー」

「そうやない。この子は香澄ちゃんや」隆一は少し照れたように言った。

「えっ？　誰？」

「香澄ちゃんや。子供の頃、この村に住んでたやないか」

「ええと。何年生の時まで？」

「小学校に入る前や」

「入学前？　おまえ、その頃のことなんか覚えてる訳ないやろ！」林田は隆一の頭を小突いた。

「そうか？　俺は大学で初めて香澄ちゃんを見たとき、ぴんと来たで」

「それはおまえがその子のことを好きだったからやないのか？」

「いや。そやから違うて」隆一は赤くなった。「おまえも俺たちと一緒に遊んでたやろ」

「遊んでたと言われたら、そんな気もするけど、そもそもおまえと遊んでたこともあんまりはっきりとは覚えてへんしな」

「おいおい。それはないやろ」

「いや。さすがに幼稚園の頃のことを明確に覚えてるやつはいぃひんのと違うか？　中学時代かて、結構怪しいで」

　隆一の言葉はすっかり方言に戻っている。高校生まで、この村に住んでいたのだから当然と言えば当然だ。

　そもそもわたしだって、この林田という少年のことはほぼ覚えていない。名前を聞いて初めて、なんとなくそんな子がいたような気がするだけだ。

「あの」わたしは林田に向かって言った。「ちょっと訊《き》いていいですか？」

「あっ。何？」

「イチゴンさんって、知ってますよね」

「イチゴンさん……。ああ。知ってる。あの山の上にある神社みたいなやつやろ」

「あそこで、お祭りしてましたよね」

「祭り？　ああ。なんか祭りはあっちこっちでやってるから、あそこでもやってるん違うかな？　行ったことはないけど」

「行ったことないんですか？」

「地元の祭りとか、子供の時分だけやな。……ああ。岸和田《きしわだ》とかみたいに大人も命懸けの祭りはあるけど、この辺は違うな」

「林田さんは本当にイチゴンさんのお祭りに行ったことないんですか？」

「えっ？　どやったかな？　そう言われたら、行ったことがあるような気もするな。ちょっと待っててな、おかんに訊いてくるわ」林田は家の中に引っ込んだ。

「俺って、イチゴンさんの祭り行ったことあるかな？」林田の声が外まで聞こえてくる。

「イチゴンさん？　そんな祭りあったかな？」母親らしき声も聞こえてきた。

「あるて。ほらイチゴンさんの」

「ああ。イチゴンさんかいな」

「さっきから、イチゴンさんて言うてるし、おかんもイチゴンさんて言うてたで」

「あった。あった。イチゴンさんの祭り連れて行ったかもしれん」

林田は再び玄関に現れた。

「中で、お母さんにお話聞いていいですか？」わたしは林田に頼んだ。

「ああ。ええと思うで」

「失礼します」わたしは林田の家の中に入った。

隆一も慌ててついて来た。

「こんにちは、初めまして」

「ああ。初めまして」林田の母親は居間に座ったまま、きょとんとわたしの方を見ていた。

「ひょっとすると、初対面じゃないかもしれないんですが……」

わたしは幼い頃、この村に住んでいて、母親が行方不明になってから、親戚《しんせき》の家で育てられたことなどを話した。

「香澄ちゃん？　ああ。そういうたら、そんな名前やったな」

「母が行方不明になった時のこと、何か覚えておられませんか？」

「確かお婆ちゃんが亡くなった後、ふらっとどっかへ行ったまま、帰って来ぃひんかったとか」

「他に何か覚えてないでしょうか？」

「さあ。何しろ、古い話やしな」

「それから、もう一つ、お聞きしてもよろしいでしょうか？」

「ええで。覚えてたらやけどな」

「わたしの母以前にこの村で行方不明になった人はいないですか？」

「それはないな。ただ……」

「ただ？」

「昔はこの村にも何軒か民宿があったんやけど、この村に泊まってから行方がわからんようなった言うて警察が調べに来たことは何度かあったらしい」

「本当ですか？」

「まあ噂やから、何とも言えんけど」

「その民宿だったおうちはどこかわかりますか？」

「わかるけど、今はもう空き家やで」

「引っ越されたんですか？」

「引っ越しっちゅうか、自然と絶えてしもうたと思うで」

「絶えた？」

「跡取りがおらんかったらしゃあないわな」

「そうですか」

過疎の村でどんどん情報が失われていくのは仕方のないことなのだろうか？

「それと、イチゴンさんのお祭りですが……」

「それも、もう世話人やる人がのうなったから、ここ十何年はやってないと思うで」

「えっ？　お祭りってそんなものなんですか？」

「政教分離やから、国や県や市が積極的にやる訳にはいかんしな。それでも、観光資源になるぐらいのものやったら、なんとかしたやろけど、村の中でも半分しか参加してない祭りやろ」

「半分？　どういうことですか？」

「半分は裏手の方の人間やさかい……」

「裏手？」

「なんや、知らんのか。知らんかったんやったら、別に気にしんでええわ」

「そんな言い方されたら、余計気になるんですが」

「おかん、俺も知らんわ。どういうことや？」林田も尋ねた。

「最近の若いもんは知らんねんな。知らんかったら、知らんでええことや。そんなこと、いつまでもぐずぐず言うとったら、時代遅れやからな。別に知らんでええ」

「そやから何やねん、それ？」

「知ってしもうたら、却《かえ》ってややこしいちゅうこっちゃ。あんたらには関係ない。知ってしもうたら、また村が二つに割れてしまうかもしれんしな。この話はもうこれで終わりや。何訊かれても、もう絶対しゃべらへんしな」

林田の母はそれから本当に何も教えてくれなくなった。


「ごめんなさい。せっかくお母さんに訊いて貰《もら》ったのに、わたしが変な質問して怒らせてしまったみたいで」わたしは林田に謝った。

「いや。別にそんなことええねん。勝手に訳のわからん怒り方したうちのおかんがあかんねん」

「そやけど、何なんやろな？　村を半分に割る秘密って」隆一が言った。

「どうせなんかの迷信やろ。元々村にいた人間と平家《へいけ》の落ち武者の子孫が村の中で仲違《なかたが》いしてたとか」林田が言った。

「わたしもそんなことだと思う。村の中で変な差別があったとか。でも、若い世代が知らないということ自体、その問題は解消したということでいいんじゃないかしら？」

「イチゴンさんの謎の解明もここまでみたいやな」隆一が言った。

「いや。まだ、やることはあるわ」わたしは言った。「実際にイチゴンさんの社に行ってみることよ。今日はもう遅いから明日行ってみるわ」

「じゃあ、俺もついていくわ」林田が言った。「行きに一時間、帰りに一時間。上で一時間ぐらいいるとして、九時に出発したら、昼には帰って来れるな」

「じゃあ、明日九時に俺の家の前に集合な」隆一が言った。「これでけりがついたらええけどな」

「林田は来られなくなった」翌朝、隆一が言った。「なんでも頭痛が酷《ひど》いらしい」

「そうなの？　じゃあ、どうしよう？　イチゴンさんに行くの、明日にする？」

「そうだな。別に林田についてきて貰う必要はないから、今日行ってしまおうか？」

「でも、何か発見があった時は、林田君の意見も聞いてみたいところだけど……」

「その時は日を革《あらた》めてまた見に行けばいいんじゃないか？　とりあえず一度はみておかないと、何とも言えないだろ」

「そう言えば、そうね」

　わたしたちは林田抜きで出発することにした。

　イチゴンさんの山は標高約二百メートルで、それほど高くはない。地図にすら名前は載っていないので、さほど有名な山ではないらしい。地元の人は単に「あの山」とか「イチゴンさんの山」と呼んでいるとのことだった。

　S村は山のふもとにあり、だらだらと二キロメートル近くも歩かなければならない。登山という程険しくはないが、人の手が入らない原生林がうっそうと茂っており、ハイキング気分で、登る様な場所ではないように思われた。

「お祭りの時はみんなこの道を登って行ったのよね」わたしは隆一に尋ねた。

「そうだろうな。人が通れるような道は他にないし、これが唯一の参道なんじゃないかな?」

「階段はないし、鳥居も石灯籠《いしどうろう》もない。全然参道ぽくないわ」

「イチゴンさんが神社だとすると、ここは参道でないとおかしいけど、祠《ほこら》の類《たぐい》だとしたら、ただの山道でも不思議じゃない。とにかく現物を見てみないとね」

山道を四十分程歩いた頃、道が二股《ふたまた》に分かれていた。

「ここって、イチゴンさん以外に何かあるの?」

「さあ。俺はイチゴンさんがあるとしか知らないよ。こんなことなら、おかんに詳しく訊《き》いておくべきだった」

「どっちに行けばいいのかしら?」

「ちょっと待ってくれ」隆一は鞄《かばん》の中から、地図を取り出した。「この感じだと、たぶん右の方だな」

「そんないい加減な感じで大丈夫なの?」

「何、もし間違っていたら、引き返せばいいだけだ。今はまだ午前十時前だ。暗くなる前には、絶対に家に帰れるから」

二人は右の道をさらに二十分程進んだ。

とある曲がり角を曲がったところで、いきなり行き止まりになっていた。そして、道の終わりには小さな祠があった。

その祠を見た瞬間、何か嫌な感覚があった。

「これがたぶんイチゴンさんだろ」

違う。

わたしの直感が告げていた。

「この祠は知ってるわ。イチゴンさんじゃない」

「だったら、何だよ？」

「これは……」

どうもはっきり思い出せない。頭の中に霧がかかったようだ。

「確か、この祠の中に……」わたしは祠を開け、奥の方を覗《のぞ》き見た。

そこには深い横穴があった。

「洞窟《どうくつ》かな？」隆一が呟《つぶや》くように言った。「それとも、人工の穴か」

「そう。わたし、この奥で見たのよ」わたしは隆一の手を握った。

「おい。なんだよ。急に」

「手を握ってて。これから穴の中に入るから」

「何言ってるんだよ？　穴の奥はどうなってるかわからないんだぞ。闇雲に進むのは危険すぎる」

「穴の中はだいたいわかっているわ。十何メートルか先に、大人が十人ぐらい入ることができる岩の広間があるの」

「香澄ちゃん、入ったことあるんだ」

「あまりいい思い出じゃないけどね。……懐中電灯持ってる？」

「持ってないけど、スマホが代わりになるよ」

穴の奥を照らしたが、岩がでこぼこしているため、影が多過ぎて、様子はよくわからない。

二人は慎重に歩を進めた。

そして、半分まで来たとき、突然降ってわいたように数人の人影が現れ、二人を取り囲んだ。

わたしは慌てて人影を照らし出した。

その中には隆一の両親もいた。

誰かがわたしの手を払った。

スマホは落下し、消えてしまった。

だが、わたしの頭の中には今見た人々の顔がはっきりと残っていた。それはあの祭りの日に見た顔だった。

そうだ。どうして忘れていたのだろう？　少女の殺害現場に隆一の両親がいたことを思い出していたら、この村にやってきて、隆一の家族にイチゴンさんのことを尋ねたりしなかったのに。

「あの時はまんまと逃げられてしまったが、またのこのこやって来てくれるとは幸運だった」隆一の父――佐助が言った。

「隆一君、お父さんがおかしいわ。早く逃げましょう」

だが、隆一はわたしの手を摑《つか》んだまま動かなかった。

「どうしたの、隆一君？」

答えは聞かなくてもわかっていた。あの時の殺害現場には子供もいた。そして、その子供の顔も思い出した。あれは幼い隆一だった。

「隆一君、正気に戻って」

「俺はずっと正気や。子供の時分からずっと、この儀式を続けてきたんや。楽しみなんや」

「林田君の具合が悪いというのも嘘なのね！　いったいこれはどういうことなの？」

「話せば長いことになる。おまえに説明してやるのは面倒だし、どうせ殺すんだから無駄になる」佐助が言った。

「どうせ殺されるなら、ちゃんと話を聞いて納得してから死にたいわ。教えてくれないんなら、最後の最後まで暴れてやるから」

「それはそれで面倒ね」和代が言った。「隆一、かいつまんで教えてやりなさい」

「ええと。昔々、ここに神さんが流れ着いたんや」

「イチゴンさん？」

「いや。イチゴンさんとは違う神さんや、近隣の人間は風変わりなエべっさんや思うてたけど、ほんまは日本にはいてへん神さんやねん。もっと古い人類が生まれる前からの神さんや。……いあ！　ようぐそうとほうとふ‼」

「いあ！　にぇいえいるれいとほうてぃーぷ‼」

「いあ！　くとひゅーるひゅー‼」

狂信者たちは口々に叫び始めた。

やがて、その言葉は一つになり、朗誦《ろうしょう》と化した。

「おうぐとふろうど　えいあいふ
ぎーぶる――いーいーふ
ようぐそうとほうとふ
んげいふんぐ　えいあいゆ
ずふろう」

「ここは俺らが先に住んでたんや。俺らの土地や。それやのに、おまえらの祖先が来た」

「わたしたちの？」

「イチゴンさんの眷属《けんぞく》や。イチゴンさんとおまえらがこの土地に来たせいで、俺らの神さんは動きがとれんようになってもうたんや」

「じゃあ、ここはイチゴンさんのお宮じゃなかったのね」

「ここはイチゴンさんの裏手の祠や。イチゴンさんが目ぇ光らせてるから、俺らの神さんはここから一歩も出られへんのや」

「それはお気の毒に」わたしはなんとか逃げる方法はないかと頭を回転させた。

「俺らはイチゴンさんの目ぇ盗んで、ちょっとずつ生贄《いけにえ》の儀式をして俺らの神さんの力を付けてきたんや。もうちょっとで復活できるんや」

「そうや。わしらが舐《な》めてきた辛酸を思い出すんや」

思い出す。……いいえ。思い出さなくてはならないのはわたしの方。

そう。わたしは思い出さなくてはならない。イチゴンさんの――一言主神の秘密を。

大悪天皇であった雄略天皇がなぜ一言主神と出会った後、有徳天皇となったのか？

簡単なことだった。一言主神は雄略天皇の姿と瓜《うり》二つだった。引き連れていた家来たちまでもが同じ姿だったのだ。

では、誰がどうやって二人を区別できたのだろう？

日本書紀に仁徳《にんとく》天皇の言葉がある。

「其《そ》れ天の君を立つるは、是《こ》れ百姓《おおみたから》の為になり。然《しか》れば君は百姓を以て本《もと》とす」

天が国民のために天皇を立てるとするなら、大悪天皇は天の意思に反することになる。

一言主神は雄略天皇に代わって天皇の役割を担ったとは考えられないだろうか。

そう。一言主神は出会った者と同じ姿になり、その役割を担ってくださる神様なのだ。

そして、同じになるのは姿だけではなく、その記憶もまた複製されるのだとしたら？

わたしは思い出さなくてはならない。

「おまえの血で俺らの神さんの復活は完成するんや。イチゴンさんの眷属の末裔《まつえい》であるおまえの血でな！」

わたしは狂信者たちに押さえつけられた。首に刃物が押し当てられるのを感じた。

「死ねや‼」

わたしはようやく思い出した。自分が何者であるかを。

「どうした、隆一？　この女まだ死んでへんで」

「いや。おかしいんや。切ったはずやのに、切れてへん」

「おまえ、何しとるんや⁉」佐助が叫んだ。

「えっ？」隆一は戸惑っていた。

「おまえ、自分の手首を切り落としとるがな！」

「あっ！　ほんまや‼」隆一は血を噴き出す自分の手首を呆然《ぼうぜん》と眺めていた。

わたしの身体はみるみる大きくなった。

狂信者たちは一斉に逃げ惑った。しかし、もはや出口は消滅し、逃げ場はなかった。

彼らの肉体は急速に朽ち始めた。

「香澄、おまえ、ほんまは何者なんや⁉」和代が叫んだ。

「吾《あ》は悪事《まがごと》も一言、善事《よごと》も一言、言い離つ神。葛城の一言主大神ぞ」


あの餓鬼、泣きもって逃げていきよったぞ！

ぐずぐずせんと、追い掛けんかい！

わああああ‼
待たんかい、糞餓鬼《くそ》‼
助けて！　助けて！　助けて‼
首切らんといて‼

もう走られへん。お腹が痛い。息ができひん。
後から、誰か追いかけてくるけど、もう走られへん。
ここはどこやろ？
イチゴンさんの近くかな？
ああ。前からも誰か来た。
子供かな。暗いから、誰かわからへん。
こっちに来る。うちの知ってる子かな？
あんた、誰？
何、言うてるの。あんたのお母ちゃんやんか。
あっ。おかあちゃん！　なんで、子供やと思たんやろ？
どうしたんや？　泣きもって走ってきたりして。
あのな。おかあちゃん、うち……。
なんや？

あれ？
どないしたんや。
なんか、怖い事あったんや。けど、忘れてしもた。
なんや。忘れるぐらいのことやったら、怖いいうてもたいしたことあらへんがな。
後ろからなんか怖いのが追い掛けてきた気がするんや。
何にも追いかけてきてへんで。そんな気がするだけや。
なんや。そんな気がするだけか。
何にも怖がらんでもええ。お母ちゃん、イチゴンさんにお祈りしといたから。
何、お祈りしたん？
どうぞ、いつまでも香澄をお守りくださいって。

吾は悪事も一言、善事も一言、言い離つ神。

草食の楽園

誰かが思った。

なぜこの世にこれほどの不幸が存在するのか、なぜ人々は他人を思いやることができないのか、と。

全ての人間が他人を思いやり、害をなさないならば、それだけで素晴らしい理想郷が誕生するはずだ。そして、それは人々に大きな利益を齎《もたら》す。

知恵ある人間なら、必ず理解できる単純な真理だ。

だが、なぜそんな自明なことを実行できないのか、人々や国々はどうして、他人を貶《おとし》めることで自らを益し、互いにいがみ合わなければならないのか？　全く愚かしく非論理的かつ非効率的な行為だ。

自分を含めて多くの人々はその事実に気付いているはずだ。それなのに、理想郷が実現できないのはどういう訳だろう？

非論理的な人々の存在が阻害要因になっているのだ。非論理的な人間の非論理的な行動が次の非論理的な行動を生み出す。

その負の連鎖は脈々と繋《つな》がり、世の中に犯罪や戦争が蔓延《はびこ》る原因となっている。

どこかで、この連鎖を断ち切らなくては、やがては世界の終焉《しゅうえん》に至ってしまうだろう。

では、どうすれば負の連鎖を断ち切ることができるのか？

貧困をなくし、子供たちに正しい価値観を与える教育を施す。

口でいうのは容易《たやす》い。だが、貧困や教育の質の低下の原因は人々の非論理的な行動なのだから、堂々巡りになってしまう。

もうこの世界を救うのは無理なのだろうか？

無理なものは諦《あきら》めざるを得ない。

だが、それでいいのか？

何か自分にできることはないのか？

そう。まだやるべきことはあった。

この世界を修正することが無理なら、新たに世界を作ればいい。

それは無垢《むく》な世界だ。最初から悪人のいない世界。人々は競争せず、常に協力し合う世界。貨幣も望まない労働も存在しない世界。一人は全員のため、全員は一人のために行動する世界。

他人の富を奪うのではなく、与えることが目的になれば、それはどんなに素晴らしいことだろう。最初からそういう世界を構築すれば、もはや他人のものを奪う犯罪や戦争といった概念もなくなる。他人のものを奪う必要はない。なぜなら、必要なものは全て融通し合うことができるからだ。

誰かは自分が到達した考えに満足した。

そうだ。新しい世界を作ろう。時間はたっぷりある。

「X―45より、管制センターへ。応答願います」ミノキリは呼び掛けた。「こちらは、現在漂流中。早急に救助をお願いします」

「やめとけ。無駄だよ」ヤマタツは無気力にモニターを見詰めながら言った。

「冗談じゃない。このまま何もしなくてどうなるんだ？」

「通信を続けたら、どうにかなるのか？　この出力じゃ、届く範囲が限られている。時間とエネルギーは、もっと有望な戦略に掛けるべきだろう」

「有望な戦略？」

ヤマタツは宇宙図の表示機能の調整を始めた。「この辺りの探査は大昔から行われている。『大躍進』の前の時代からだ」

「だからどうなんだ？」

「つまり、この辺りにコロニーがあったとしても、記録に残っていない可能性が高い」

「そうかもしれないな。で、どうするんだ？　そのコロニーの遺跡を探そうってか？　そこに俺たちが暮らせるだけの食糧やエネルギーが残ってることを期待してるのか？」

「そんなことは期待していない」

「じゃあ、何を期待してるんだ？」

「コロニーがまだ生きている可能性だ」

ミノキリは失笑した。「コロニーが生きているだって？　『大躍進』以前から孤立してるんだぞ」

「孤立しているといったって数十人規模のこぢんまりとしたキャンプじゃないんだ」ヤマタツは力説した。「数万人規模のコロニーだ。資源さえあれば、充分に自立できるだろう。ひょっとすると、それから人口が増えて、数百万人、数億人規模になっているかもしれない」

「わかった。一歩譲って、この宙域には忘れ去られたコロニーが残っているとしよう。それで、それはどこにあるんだ？」

「最も可能性が高いのは、この小惑星帯の中だろうな」ヤマタツは宇宙図の中の星群を指差した。

「重力が小さ過ぎて大気を維持できない」

「星全体を天蓋《てんがい》で覆えば、問題はない」

「低重力環境では人間はうまく成長できないだろう」

「人間も生物も環境には適応できる。それにどうしても強い重力が必要なら、マイクロブラックホールを使うなり、天蓋を回転させて遠心力を発生させるなり、いくらでも手はある」

「なるほど。充分な技術があればどこにでも、住めるという主張は納得した。問題はどうやってその星を探すかだ」

「文明は必ず熱を発する。つまり、排熱が必要なんだ」ヤマタツは走査を続けた。「小惑星から排出される熱を調べて、不自然に高いものがあれば、そこに文明が存在する可能性が高い」

「もし見つからなかったら？」

「その時は諦めて、エネルギーがなくなるまで救難信号を出し続けるさ」ヤマタツは肩を竦《すく》めた。

「それで、その死亡宣告が出るまで、どのぐらいの時間が必要なんだ？」

「そうだな……」

船室に注意音が流れた。宇宙図の中の一点が点滅している。

「死亡宣告はなしだ。忘れられたコロニーが見つかった」

すぐさまコロニーへの軌道計算を行った。

「拙《まず》いな」計算を続けるヤマタツが呟《つぶや》いた。

「どうせ到達するのに、百年掛かるって言うんだろ」

「いや。あと三日で到着できる」

「じゃあ、なんにも拙くないじゃないか」

「問題は到達時の速度だ。これでは、軟着陸は無理だ」

「一度やり過ごして、最接近すればどうだ？」

「それこそ、何千年も掛かってしまう」

「どうするんだ？」

「選択肢は二つだ。一つ目は、コロニーは諦めて、無駄に救難信号を出し続ける。もう一つは一か八かこのコロニーへの衝突コースをとる」

「どっちが正解なんだ？」

「正解はない。価値観もしくは生き様の問題だ」

「救難信号を出し続ける選択の成功率は？」

「十億分の一といったところだな」

「衝突する方の成功率は？」

「不明だ」

「不明ってどういうことだ？　ゼロじゃないってことか？」

「もしコロニーが天蓋で包まれているのなら、隕石対策《いんせき》が行われているはずだ。なんらかの方法でキャッチされるかもしれない」

「普通に考えれば、隕石にミサイルかレーザーをぶち込んで終わりだろ」

「もしそこが小さな世界なら、隕石は貴重な資源だ。無駄に爆発散乱させることはないかもしれない」

「『ないかもしれない』って、それはどのくらいの確率なんだ？」

「だから、わからないんだ」

「それはつまり、ゼロかもしれないし、百パーセントかもしれないってことか？」

「端的に言うならそういうことになる」

「おまえはどっちを選ぶ？」

「生存率ほぼゼロの選択肢と生存率不明の選択肢があったら、どっちを選ぶかってことだろ。俺が選ぶのは後者だ」

ミノキリはぽりぽりと鼻の頭を掻《か》いた。「実は俺もそうだ」


その天体は衝突の直前まではただの光点に過ぎなかった。そして、衝突の瞬間だけ、球体であることがわかった。そして、何もわからなくなった。


ミノキリは腕に何かを刺される痛みで目が覚めた。

目の前には人間型の知的生命体がいて、ミノキリの腕に針を刺している。おそらく女性だろう。

「ようやくお目覚めかしら？　しかし、無茶なことをしたものね」女性が言った。

「言葉がわかるのか？」

「あなたたちの船のコンピュータの自動言語解析システムと我々の同じ機能を持つシステムが短時間で文法書と辞書を構築したのよ。わたしたちは元々同じ文明の流れを汲《く》むもの同士だったから、それほど苦労はなかったわ」女性は少し微笑んだ。「それにしても無茶をしたものね」

「あれしか方法はなかったんだ。どうせ死ぬんだから一か八かやってみた」

「我々の文明に危害を及ぼす可能性については考慮しなかったの？」

「あっ」

「我々の文明は滅んでもいいと思ったの？」

「そうじゃない。思い至らなかっただけだ」

「信じていいのかしら？」

「信じてくれ。俺たちはそんな酷《ひど》いことは考えてはいなかった」

「あなたたちはわたしたちの文明に加わって貰《もら》う前に経過観察が必要だと判断されたのよ」

「経過観察？　病気か何かを疑っているのか？」

「まあ。そんなところね」

「伝染病に罹《かか》っているという自覚はないけど」

「そういう類《たぐい》の病気を心配している訳じゃないの」

「じゃあ、何を心配しているんだ？」

「文化汚染よ」

「このコロニーは思想統制されているのか？」

「思想統制とは少し違うわ。ここは実験コロニーなの」

「そういう目的で作られたコロニーがあったことは知っているよ。危険な実験を人間の社会から隔絶した宙域で行うんだろ」

「わたしたちの実験はそういう実験とは全く違うわ」

「『わたしたちの実験』？　いったい何の実験なんだ？」

「純粋で無垢《むく》な社会の実現よ。このコロニーは悪を排除した社会の実現を目指しているの」

「どうすればそんなことが可能なんだ？」

「簡単なことよ。構成メンバーが全て善人による社会ができれば、市民たちはみんな幸せになる」

「そうかもしれないが、どうやってそんな世界を作ることができるんだ？」

「このコロニーは、まだ年端もいかない子供たちと、彼らを指導する数人の教師から出発したのよ」

「そんな単純な方法で？」

「単純なほど効果は大きいのよ」

「教育が人格形成に影響を与えるのは、実験を行うまでもなく、よく知られた事実だ。もし効果があるのなら、全ての学校で正しい躾《しつけ》をすればいいんじゃないか？」

「いくら正しい躾を行おうと、子供たちは社会から悪を学び続けるのよ」

「ここは汚れた社会から隔絶しているため、子供たちが悪に染まる前に純粋な教育を施せるということなのか？」

「その通り。誰でも思い付く単純な原理よ」

「そんなこと本気で信じているのか？」

「信じるも何もすでに実現しているのよ」

「つまり……」ミノキリは軽く混乱した。「このコロニーは『大躍進』の前からずっとここで孤立して、無垢な状態を保ち続けているというのか？」

「ようやく理解したようね」

「俺たちが最初の訪問者？」

「ええ。そうよ。あなたたちはわたしたちを探しにきたの？」

「ここに来たのは偶然だ。俺たちは遭難したんだ」

「では、わたしたちのことを知ってやって来たのではないのね。安心したわ」

「外部の人間が大挙してやってくることを恐れているのかい？」

「ええ」

「君たちはこのまま未来永劫《えいごう》孤立し続けられると思っているのか？」

「そうは思っていないわ。当初の計画では無垢なコロニーを少しずつ拡大していく予定だった。そして、充分な数に達した時点で近隣の人類文明に接触する。そうすれば、他の文明によい影響を与えることができるわ。無垢な文明が繁栄していることを目の当たりにすれば、自分たちの文明の欠点が見えてくるはずよ」

「それで、その文明もまた浄化されると?」

「そう簡単に事が進むとは思ってないわ。でも、その文明の中に住む心ある人々はわたしたちの文明に合流しようとするでしょう。そうやって、辛抱強く、穏やかな接触を続けていけば、やがて汚染された文明は徐々に衰退し、宇宙には無垢な文明が無数に生まれる」

「なるほど」ミノキリは議論するのは控えることにした。「それで、君は俺の見張り役という訳か? 俺からこのコロニーに汚染が広がらないように」

女性は頷《うなず》いた。「悪く思わないで頂戴《ちょうだい》。教育中の子供たちは影響を受けやすいから」

「君は教育を終えた成人だから、俺たちから汚染されることはないということか。了解した。ところで、俺の名前はミノキリ。君の名は?」

「わたしはラミア。あなたの名前はヤマタツから聞いて知っていたけどね」

「ヤマタツも無事だったのか?」ミノキリは微笑んだ。「彼に会わせてくれ」

「彼はこの部屋の外で待ってるわ。ヤマタツ、入っていいわよ」

ドアが開いた。

幸せそうなヤマタツが立っていた。見たこともないゆったりとした不思議な衣装を身に纏《まと》っている。

「なんだ、その恰好《かっこう》は?」ミノキリは呆《あき》れて言った。

「この世界での普段着だよ」

「すっかり馴染《なじ》んでるな」

「当然だ。あれから二週間も経ってるんだ」

「俺は二週間も意識がなかったのか？」

「そうだ。随分心配したぞ」

「じゃあ、おまえはもう自由に行動できるのか？」

「ああ。俺はこの世界のルールを理解して、共感しているからな」

ミノキリはヤマタツの瞳《ひとみ》をじっと観察した。

ヤマタツの言葉が心からのものなのかどうか、図りかねたからだ。洗脳されたのか、洗脳されたふりをしているのか。

だが、ミノキリにはどちらとも判断が付かなかった。

ミノキリはしばらく躊躇《ためら》った末、思い切って尋ねた。「おまえがこんな子供っぽい思想に共感するなんて信じられないんだが」

「まあ、そうだろうな」ヤマタツは苦笑した。「だが、ここで三日も暮らせば、おまえだって理解できるはずだ。本当にここには善人しかいないんだ」

「小さなコロニーなら、表向きを繕うことは難しくないだろう」

「そんなに小さくはない。この街の住民は一万人程だろう」

「正確には一万五百二十三人よ」ラミアが付け加えた。

「これだけの人間が芝居を打って、襤褸《ぼろ》を出さないなんてことがあると思うか？」

「自分の目で確認してみないとなんとも言えないな」

「そりゃ、そうだな。驚くぜ。ここには貨幣が存在しないんだ」

「買い物はどうするんだ？」

「買い物はしない。必要なものは全て只《ただ》で手に入る。食料でも、衣服でも、欲しいものがあれば、交換所に行って、そこで手に入れる」

「いくらでも、好きなだけ手に入れられるのか？」

「好きなだけというか、必要なだけだ」

「必要以上に持ち帰ろうとしたら、どうなるんだ？　罰則があるのか？」

「いや。特にない。そもそも必要以上に持って帰ってどうするんだ？　運ぶのに手間がかかるし、嵩張《かさば》るだけだろう」

「みんなが欲しいものを独り占めできる」

「だから、そんなことをしてなんの得があるんだ？」

「高価なものを売り捌《さば》いて、ひと儲《もう》けしようとする輩《やから》もいるだろう」

「だから、ここには貨幣はないんだ。売り捌くことなんかできはしない」

「その交換所の物品は誰が運んでくるんだ？」

「市民の一人ひとりだ。まあだいたい各自の担当が決まっていて、毎日のコロニー全体の消費量から計算して、必要なだけの量を持ってくる。たとえば、食料なら穀物とか食肉を自分で生産して、交換所に納めるんだ」

「その見返りは何なんだ？」

「見返り？　特にないな」

「物品を納めなくても、物品を持って帰ることができるのなら、なんのために納めるんだ？」

「みんなに使ってもらうためよ。自分はみんなのために持って来るし、みんなは自分のために持ってきてくれる。誰が損とか得とかはどうでもいいの。みんなが協力し合えばそれで効率的に物事はうまく回るの」

「創設者の教えの一つだよ。『競争ではなく、協力すべし』」

まだだ。今は反論すべき時じゃない。

「このコロニーを少し見学させて貰《もら》っていいかな？」ミノキリは笑顔で言った。

「もちろんよ。ただし、誰かが付き添うことになるけどね」


「どうだ、ミノキリ？　素晴らしいだろ」ヤマタツはまるで自分のことのように自慢げに言った。「全てが善意で成り立っているんだ」

目覚めてから一週間が過ぎ、すでに、ミノキリにも個室が与えられていた。ただし、まだ付き添いなしでの自由な行動は許されていない。二人は、ミノキリの部屋の近くにある小さな公園で話をしていた。

「確かに、そうだが……」ミノキリは口籠《くちごも》った。

「どうした？　何か気になるのか？」

「このコロニーの生活レベルだ。効率的という割には、さほど進歩しているとは思えない。むしろ、俺たちの文明よりも技術的にはかなり遅れている」

「ここの人々は足ることを知ってるんだ。これ以上、便利な生活は無意味なんだ」

「生活の向上を望まないなら、技術の進歩は必要ない。そういうことか？」

「そういうことだ」

「しかし、敢《あ》えて技術を後退させる必要はないだろう」

「ここは『大躍進』の前から孤立してるんだ。これだけの人数では、なかなか新たな発明・発見は生まれないし、時と共に廃れていく知識や技術があっても不思議じゃないだろう」

「そう。人数についても、疑問なんだ。どうして、この人数なんだ？　この世界はもっと大勢の人間を養えるはずだ。その気になれば、何億でも。それなのに、一万人ちょっとというのはどういうことだ？　このこぢんまりとした街の外には砂漠や荒れ地が広がっているだけだ。どうして、そんな状態になっている？　もっと居住空間を広げ、人口を増やすべきなんじゃないか？」

「その人口を増やすという発想そのものが的外れなんじゃないか？　文明の高度化を望まないのなら、無闇に人口を増やす意味はない」

「それはおかしい。ここが作られた本来の目的は全文明を無垢《むく》なものへと変容させることだったはずだ。これでは、小さな孤立した世界で、自分たちだけの安寧秩序を求めるだけだ」

「物事には時機というものがある。まだ時機が到来していないだけだろう」

「その時機はいつ来るんだ？　ずっと等質な時間が持続するとしたら、その時機の到来を知るすべはないだろう」

「ミノキリ、おまえは理屈に頼り過ぎている。創設者の言葉にもある。『理性は人々の幸福のために使うべきである。それ以外の使い道は無意味な言葉の戯れである』」

「思考停止しろと言っているように聞こえるが？」

「考え過ぎだよ」

「何か揉《も》め事？」ラミアが現れた。人工太陽の光を浴びて、服がきらきらと輝く。その光に顔が照り映える。

「ここ以外の街はどこにある？　この世界に都市が一つだけというのは、いかにも不自然だ」

ラミアは一瞬目を瞑《つむ》り、そしてゆっくりと話し出した。「ええ。以前は、この世界にも多くの街があったわ。最盛期は数百箇所もあった。中には、百万人以上の人口を抱える大都市もあった」

「つまり、何か問題が起きて、都市を維持できなくなったのか？」

「問題は発生したわ。だけど、想定内よ。今は不都合を是正するための調整期なの」

「不都合？」

「文化《ミーム》の変異よ」

「文化も生命と同じだ。変化がなくなれば、硬直して滅亡へと至る。変異が起こるのは至極当然のことではないか？」

「その通り。だから、これはたいした問題じゃない。変異が起きても環境に適応できなければ、やがて消滅する」

「つまり、今はその不都合な文化が消滅するのを待っている段階だと？」

「そう。時間が解決してくれる」

サイレンが鳴り始めた。

「何の警告だ？」

「不都合が起こりそうだということよ。ミノキリ、ヤマタツ、二人は部屋に戻っていて」ラミアは走り出した。

「いや。我々もその不都合というやつを見せて貰おう」ミノキリも走り出した。

ヤマタツも後を追う。

「見る必要はないし、危険だわ」

「それでも、俺は見たいんだ」ミノキリが言った。「ヤマタツ、おまえはどうだ？」

「俺も興味がある」

「部屋に戻った方が身のためよ」

「『他者に対し極力不快感を与えないようにすべし』創設者の言葉だ」ヤマタツが言った。

「俺たちは行動を制限されるのが不快なんだ」

「じゃあ、勝手になさい。あなたたちの安全を守るのはわたしたちの義務だけれど、万が一という事もあるから覚悟はしておいて」

　ラミアは街頭に止めてあるコミュータに飛び乗った。ミノキリとヤマタツも後に続く。

「A56地区へ」ラミアが音声でコミュータに指示した。

「街の外との接続部だな」ミノキリが言った。「外部からトラブルがやってきたのか？」

「今は説明している時間はないわ。実際にその目で確認して頂戴《ちょうだい》」

　荒れ地の向こうから奇抜な形の車両が次々と現れる。統一感は全くない。ただ、その半分ほどは外部に向けて筒状の物体を突き出している。

「ひょっとして、あれは武器なのか？」ミノキリは尋ねた。

　ラミアは苦々しげに頷《うなず》いた。

「あいつらは俺たちと同じように外部世界からやってきたのか？」ミノキリが尋ねた。

「いいえ。彼らはわたしたちと同じ祖先を持つ兄弟たちよ」

「だったら、どうして戦車なんか持ってるんだよ⁉」ヤマタツが尋ねた。

「変異よ。だけど、長続きはしない。他者を傷付け、奪う文明は長くは生き延びられない」

「タカアマハラの住民に告ぐ」戦車隊からスピーカーを通した声が聞こえてきた。「いつも通り、貢ぎ物の徴収にきた。速やかに、今月分の食料および工業製品を差し出せ」

「あいつは何を言ってるんだ？　冗談のつもりなのか？」ヤマタツが尋ねた。

「いいえ。残念ながら」ラミアが唇を噛《か》んだ。

「どうした返事をしろ」スピーカーの声が言った。「三十秒だけ待つ。返事がなければ攻撃する」

「あいつらは何者だ？」ミノキリが尋ねた。

「ごめんなさい。これから忙しくなりそうだから、質問は後にして貰ってもいい？　外部との交渉はわたしの仕事なの」

　ラミアは携帯装置を取り出し、それに向けて話し出した。「今回は随分早いですね。前回から日が経っていないので、まだ準備ができていません。もう少し待って欲しいと思います」

　街の側のスピーカーからラミアの声が大音響となって放送される。

「それはそっちの都合だ、糞呆《くそぼ》けどもが!!　四の五の言わず、さっさと食い物を出せばいいんだ!!」

「生産が間に合いません。もう数週間待ってください」

「倉庫の中には食料があるんじゃないか？　それをよこせ」

「確かに、倉庫の中には食べ物がありますが、それはこの街の市民の食料です。それを渡すと、市民たちが飢えてしまいます」

「知ったこっちゃねぇよ。もし餓死したとしても、準備をしてなかったおまえらが悪いんだ」

「もしわたしたちが餓死したら、今後の食料の生産に支障が出ます」

「そんなことは許さねぇ！　もし食料を差し出さなかったら、おまえら皆殺しだ!!」

「よく考えてください。あなた方の行動は非論理的です」

「俺たちを馬鹿にしているのか!?　あと十秒で砲撃開始だ!!」

「わかりました。食料や工業製品はお渡しします。あと三十分待ってください」

「駄目だ。あと五秒だ」

「倉庫から運び出すのに、どうしても三十分掛かります」

「準備してなかったおまえらが悪い。……おや。レーダーに奇妙なものが映ってるぞ。これは何だ？」

「なんのことかわかりません」

「街の南西部の今まで建物がなかった場所に奇妙な形の物体がある。これは何だ？」

ラミアは溜《た》め息を吐き、スピーカーをオフにした。「あなたたちが乗ってきた船のことよ」

「正直に答えるつもりか？」ミノキリが言った。

「嘘を吐く理由がないわ」

「相手に全ての情報を与える必要はない」

「『交渉相手には誠実かつ公明正大であるべし』創設者の言葉よ」ラミアはスピーカーをオンにした。「それは宇宙船です」

「なんだ？　俺たちから逃げるつもりだったのか？」

「違います。それは我々のものではなく……」

「問答無用!!」

殆《ほとん》どの戦車から一斉にミサイルが発射され、街の反対側へと飛んでいく。

「迎撃ミサイルはどうした？」

「この街にそんなものは存在しないわ」

「なぜ!?」

「武器を持つから攻撃されるのよ。武器を持たなければ、傷付けることも傷付けられることもないわ。『敵意に敵意を返してはならない。敵意には友情を返すべし』創設者の言葉よ」

閃光《せんこう》が走った。そして、次の瞬間、大爆音が天地を揺るがした。

「武器を持ってないにもかかわらず、攻撃されたみたいだが」ミノキリが言った。「宇宙船はどうなった？」

「放射線レベルが高過ぎて、被害状況が確認できないわ」

「拙《まず》いぞ。宇宙船が破壊されたのなら、もう帰れない」ヤマタツが言った。

「おい。いつまで待たせるんだ。早く食料を持ってこい」強奪者たちは砲撃を始めた。

街の建物がどんどん破壊され、人々は逃げ惑った。

落下する瓦礫《がれき》に押しつぶされるものが続出した。

「わたしたちを攻撃しても何も解決しません。まずは落ち着いて話し合いましょう」ラミアが強奪者を説得する。

「なんだか、俺たちが悪いみたいな口ぶりだな。悪いのはぐずぐずしているおまえらに決まってるだろうが!!」

「話にならない」ミノキリが呆《あき》れて言った。

「わたしたちは諦《あきら》めない。我慢強く交渉を進めるわ」

「俺に任せてくれないか?」ヤマタツが言った。「ちょっと考えがあるんだ」

「これは極めて重要でデリケートな仕事なの。部外者のあなたたちに任せることはできない」

「俺は自信があるんだ。俺を止める権利がここの誰かにあるのか?」

「いいえ。ここでは誰もが自由よ」

「よしきた」ヤマタツは走り出した。「詳細は無線通信で説明する」

無数の砲がヤマタツを狙って動き続けている。

ヤマタツは崩れかけた建物の陰に入り込むと何かを抱え上げた。

それはまだ年端もいかない少女だった。

「いいぞ、ヤマタツ！　そのままその子を抱いて、街の中心まで逃げろ！」ミノキリはヤマタツにエールを送った。

だが、ヤマタツはそうはしなかった。その子を抱いたまま、強奪者の先頭の車両に向かっていく。

「ヤマタツ、何をしているんだ!?　すぐに戻ってこい!!」

「黙って見てろ」ヤマタツから通信が入った。「考えがあるんだ」

「その子を巻き込むのは止めろ！」

「この子が鍵《かぎ》になるんだ。黙って見ててくれ」

「連れ戻しに行ってくる」ミノキリはヤマタツを追って、走り出そうとした。

「待って！」ラミアはミノキリの腕を押さえた。「きっと彼には考えがあるのだわ」

「そりゃあるだろうさ！」

「まずは彼の考えを見せて貰《もら》いましょうよ。駄目なら、あなたが行けばいい。それとも、あなたにも何か別のいい考えがあるの？」

独りで敵陣に乗り込んで、敵のボスを倒す。

無理だな。

「いや。何もない」

「だったら、彼に任せるしかないわ」

ヤマタツは少女を抱えて、強奪者の車両軍の目前に立ち止まった。

「なんだ、おめえは？」先頭の車両のドアが開いた。

びらびらと無駄な飾りがたくさんついた、とても実用的とは言えない戦闘服を着た若い男が中から現れた。口ひげを撫ぜながらにやついている。

「やあ」ヤマタツが言った。

「なんの用だ、滓《かす》野郎？」

「俺たちには敵意がない。それを示そうと思って」

「おまえら滓どもにやる気がねぇのはわかってるぜ」

「だったら、なぜ攻撃するんだ？」

「おまえらが滓だからだ。骨のあるやつを攻撃したら、反撃されるかもしれねぇだろ。その点、おまえらは反撃しないから、安心して叩《たた》きのめせるってもんだ」男は銃身をヤマタツの鼻に力いっぱい叩き付けた。

ヤマタツは鼻と口から血飛沫《ちしぶき》を噴き上げ、その場にひざまずいた。「何をするんだ？」ヤマタツは鼻と口を手で押さえた。隙間から滝のように血が流れる。

「なっ。反撃しねぇだろ。安心して殴れるってもんだ」

「それって、勇気ある行動だろうか？」

「なんだと？　俺が臆病《おくびょう》だとでも言う気か!?」男はヤマタツの胸を蹴《け》り飛ばした。

「いや。勇気があるよ。君には勇気がある」ヤマタツは慌てて言った。

「なんだ。わかってるなら、最初からそう言えよ」

「暴力による支配だ」ミノキリは呟《つぶや》いた。

「そう。とてもおぞましい」ラミアが言った。

「そう思うなら、どうしてなんとかしないんだ？」

「わたしたちは常に説得し続けているわ」

「ああ。ヤマタツも説得しようとしているらしい。だけど、効果はない」

「効果がないってどうして、わかるの？　内面の変化はすでに始まっているかもしれない」

「なんの変化も起こっていないかもしれない」

「あなたが、そう思うのは悲観主義者だから。わたしたちがそう思わないのは楽観主義者だから」

「で、用は済んだのか？」男はヤマタツの顔を踏み付けながら言った。

「この子を見て貰おうと思って」

「この餓鬼がどうかしたのか？」

「君たちの攻撃は俺たち大人だけじゃなくて、こんないたいけな子供たちをも傷付けるかもしれないんだ」

「まあ。仕方ねぇな。悪いのはぐずぐずしているおまえらなんだし」

「この子の目を見てもそう言えるかい？」

「えっ？」

「この子の目を見て。そして、本当に傷付けることができるのかどうか、自分の心の声に耳を傾けるんだ」

「なるほど。この子はとても弱々しい。……おまえいくつだ？」

少女は黙って四本の指をたててみせた。

「四つか」男は少し考え込んだ。「戦争に巻き込むのは確かに理不尽かもしれねぇな」

「そうだろ。その子が直接傷付かないとしても、その子の家族が傷付けば、その子の心が傷付く。どっちにしても、争いは理不尽で非合理的だ」

「そんなこと考えてもみなかった。俺たちが争うと、こんな餓鬼が何人も悲しい思いをするってことか」

「そうだ。自分たちの行いの意味するところが理解できただろ」

「ああ。俺たちが自分の幸せのためにやっていることが、他の誰か――なんの罪もない子供たちなんかを苦しめることになるかもしれねぇってことだな」

「彼、なかなかやるわね」ラミアは輝くような笑顔を見せた。「わたしたちにはできない発想だわ。どうしても、子供を危険な目に遭わせたくないと考えてしまうもの」

「その通りだ」ミノキリははっと気付いた。「今、ヤマタツは危険な行動をしている」

「危険だと思っても、やらなければならないこともあるのよ。彼はわたしたちに教えてくれた」

「この子たちには罪はない。そのことがわかったのは大きな進歩だ」ヤマタツが言った。

「ああ。俺は自分たちの行為の意味にやっと気が付いたよ」男は頭を抱えた。

「気が付くのが遅過ぎるということはない。気付いた時に正せばいいんだ」

「そうなのか？」

「さあ。兵を撤退させるんだ。食料については、後で相談すればいい。きっと、悪いようにはならないから」

男は少女の頭を撫ぜた。「この子たちは純真で曇りのない目をしている。俺たちが忘れてしまったものだ」

「でも、今思い出させてくれただろ」

「そうだな」男は優しい目で少女を見詰めた。「でも、うぜぇんだよ!!」男は銃を持ち上げ、少女の眉間《みけん》に当てた。

「いや。そういうのは、冗談でも止めておいた方がいい。とても危ない」ヤマタツは笑いながら言った。

「ヤマタツ、拙いぞ!!」ミノキリは男の口調に危険な兆候を感じた。「今すぐ、その子を連れて引き上げるんだ！」

「何が冗談だって？」男は引き金に指を掛けた。

「あっ。それは駄目だ。止め……」

男は引き金を引いた。

少女の頭の上半分が吹っ飛び、脳漿《のうしょう》が地面の上に綺麗《きれい》な扇型を描いた。

「すかっとしたぜ」男はまだ立ったままの少女の遺体の腹部を蹴り飛ばした。

血塗《ちまみ》れの肉塊は五メートルほど宙を飛び、地面にぶつかると二、三度跳ね返った。

男は遺体を指差し、げらげらと笑った。

ヤマタツは呆然《ぼうぜん》と立ち尽くしていた。ズボンにシミが広がり、裾《すそ》から汚物が流れ出した。口からもげぼげぼと黄色い液体を吐き続けている。

「きたねぇ、おっさんだな」男は顔を顰《しか》めた。

「なぜ……」ヤマタツは呟いた。

「はっ？　大きな声で言えよ。聞こえないぜ」

「なぜ、殺した？」

「聞いてなかったのか？　うざかったからだよ。まあ、死んだのはおまえのせいだからな。俺は全然悪くないから」

「どうして、こんなことをしなくちゃならなかったんだ!?」

「だから、すかっとするためだよ」

「この子の人生はこれからだったのに」

「そうか？　まあ、おまえのせいで台無しだな」

「許せない」ミノキリは走り出した。

「待って！　どうするつもり!?」ラミアが追いかけながら叫んだ。

「あの人非人を叩き殺《ころ》す」

「どうやって？」

「どうやってもだ」

「武器もなしで？　一撃で殺されるわよ」

「素手でも、殴ることぐらいはできる。殺される前に一発でいいから殴らせてくれ」

「そんなことをしても意味がないわ」

「意味はある。俺があると決めた」

ミノキリはたちまち男の前に到達した。

「なんだ？　また新しいおっさんか？」男はまた銃を持ち上げた。

拳《こぶし》があいつに届く前に間違いなく、撃たれるだろう。だが、構わない。一瞬でもあいつをひやりとさせられるなら、それで本望だ。

ミノキリは絶叫しながら、拳を振り上げ、男に挑みかかった。

男の目が吊《つ》り上がった。男はミノキリの腹部を蹴った。

ミノキリは痛みを感じなかった。だが、腹部から全身の力が抜けていく感覚に囚《とら》われ、その場に倒れ込み、立ち上がることができなかった。

「死ねよ」男は銃口をミノキリに向けた。

ミノキリは立ち上がれないまま、男を睨《にら》み付けた。

「待て!!」ヤマタツが割って入った。「これ以上、罪を重ねてはいけない」

男は引き金を引いた。

ヤマタツの身体に穴が開いた。

　ヤマタツは自分の身体を呆然と見下ろし、そしてミノキリの身体の上に倒れ込んだ。

　男はさらにヤマタツとミノキリの重なり合った身体に向けて、三発の弾を発射した。

ヤマタツもミノキリも動かなくなった。

「この街はもう駄目だ」男は言った。「全面攻撃あるのみ!!」

人々は絶叫し、逃げ出した。

その背後から大量の弾丸と光線が狙い撃ちにする。男も女も老人も子供も次々と倒れ、燃え上がり、のたうち回った。何千発もの小型ミサイルが宙を飛び、街中の建物を粉砕し、細かな瓦礫《がれき》へと変えていく。

「もう止めて!!」ラミアは男に向かって叫んだ。

「おまえらが悪いんだ。仕方がない」

「わたしたちは共存できるわ」

「無理だ。おまえたちにはほとほと呆《あき》れ果ててるぜ。奴隷は奴隷らしく、命令に従えばいいんだ。一々口答えするなってんだよ!」

「わたしたちがいなくなったら、あなたたちは何を食べていくの?」

「また他の奴隷を探すさ。世界のどこかにはおまえらよりできのいい奴隷がいるだろうさ」

「彼らが気に食わなかったらどうするの？　また、殺すの？」

「また、殺すさ。それもまた楽しい」男は指を鳴らした。

白く輝くプラズマの炎が街を舐《な》めつくした。


大きな音を立てて、ラミアの上に乗っていた建物の破片が取り除かれた。

全身に火傷《やけど》を負っていたが、ラミアはなんとか身を起こすことができた。

目の前に、胸を押さえたミノキリが立っていた。

「ミノキリ、生きていたのね」ラミアはミノキリの手をとった。

「ヤマタツが盾になってくれた。それと当たり所がよかったんだろう」

ラミアは周囲を見回した。「街はなくなってしまったのね。生存者は？」

「何人かはいたと思う。みんな散り散りに逃げ出してしまったが」

「『危険が迫った時はとにかく逃げるべし』」

「創設者も一つはいいことを言ったようだな」

「今のは、わたしの言葉よ」

「道理で」

「あなたが瓦礫をどかして助けてくれたのね。ありがとう」

「助けてよかったのかどうかだ。もう何も残っていない。病院も学校も警察も」

「警察は最初からないわ」

「作っておくべきだった。それから、軍隊も」

「そういうもののない世界なのよ」

「盗賊どもはいるのに」

　ラミアは俯《うつむ》いた。「いつかはいなくなるわ」

「元々いなかったのに、後になって自然発生したんだろ」

「偶発的な出来事が続いたのよ。ある街でコンピュータのトラブルが発生して、生産量が急激に悪化してしまったの。住民はぎりぎりまで頑張ったんだけど、餓死者が出そうになったので、他の街に助けを求めた。住民たちは助かったわ。だけど……」

「彼らは働かなくなった」

「そう。途方もない苦労をした後だから、なんの苦労もなく生きる糧が手に入ることがわかって、どうしても働くことができなかったの。他の街はそんな彼らを受け入れたわ。さんざん苦しんだのだから、多少楽をしても当然だろうって」

「彼らは寄生し始めたんだな」

「世代が移り変わっても彼らは、生活を変えなかった。他の街に養われるのが当然だという感覚になっていたの。援助が少しでも滞ると、彼らは猛烈に他の街を非難した。街々は互いに連携し、援助が途切れないように調整した。でも、ある時大規模な災害が起きて、輸送路が寸断されてしまい、一時的に物資が届かなくなった。彼らは激怒し、直接近隣の街に乗り込んで、食料や工業製品を奪い取っていった」

「その時点で彼らを矯正すべきだったんだ」

「それはできない。『敵意には友情を返すべし』」

「その言葉は前にも聞いたよ」

「その時以降、彼らは必要以上に奪い取るようになった。そして、気に入らないことがあると、破壊活動を始めた。その頃には、奪い取った資源と労働力を使って、武器の製造を始めていたわ」

「周りは羊ばかりだからな。狼は無制限に繁殖する」

「彼らを獣呼ばわりするのは止めて。彼らは運が悪かった」

「運が悪かったのは、この世界全体だよ。いや。そうじゃない。特別運が悪かった訳じゃない。そのようなことは早晩起こるはずだったんだ。当たり前の展開だったんだ」

「そう。当たり前よ。だから、わたしたちは彼らに対しても当たり前に接しなければいけないの」

「それで、どうなるんだ？　彼らがいつか自ら気付いて、元の生活に戻ると信じているのか？」

「そうなってくれたらいいと思う。でも、そうならなくても、彼らとうまくやって、平和な生活が続けられたら、それでいい」

「彼らとはうまくやれてないし、平和でもない」ミノキリは吐き捨てるように言った。

「これが君たちの創設者が思い描いていた楽園なのか？」

「創設者の理想は歴史の一点に留《とど》まるものではない。悠久の歴史の流れに常に存在すべき理念よ。今、平和かどうかは問題ではない。人々の心が平和へと向かっていることが大切なの」

「それでどうするんだ？　この街――タカアマハラを再建するつもりか？」

「この場所ではもう無理ね。瓦礫が散乱しているし、地中深くまで破壊が進んでいる。別の場所を探して、最初からやり直すの。土地を耕して、作物を植える」

「その段階からやり直す必要があるのか？」

「無垢《むく》な文明を作るためよ。我々の祖先が最初にやってきた時もそうしたのよ」

「そして、あの強奪者たちの街――なんと言ったっけ？」

「彼らはエデンと呼んでいるわ」

「エデンの軍隊がまたやってきたら？」

「同じよ。平和共存のための道を探し続けるの」

「君たちは尊敬に値する人たちだ」ミノキリは苦しげに言った。「だけど、俺はもう……」ミノキリは胸から手を離した。「疲れ果ててしまったんだ」

胸の穴からざあざあと血が溢《あふ》れ出した。

ミノキリは悲しげに微笑むと目を瞑《つむ》り、崩れ落ちた。

男女が石ころばかりのやせた土地を耕していた。

荒れ地の中を砂埃《すなぼこり》を立てながら、オープンカーが走ってくる。

乗っているのは三人の男たち、手には合成酒の瓶が握られている。

まだ畑とも言えないようなみすぼらしい耕地にオープンカーは止まった。

「おい。おまえら、何か食うものはないか？」

「多少はあります。だけど、次の収穫まではわたしたちもぎりぎり生きていくだけの分しかありません。どうかお見逃しください」女が口を開いた。もはや若いとは言えない年代だ。

「俺の耳がおかしくなっちまったのか？ 自分たちの命が惜しいから俺たちご主人様に食い物が出せないって言ったみたいに聞こえたよ」

「本当に申し訳ありません」男が言った。「できることなら、お分けしたいんですが、うちには食べ盛りの子供もおりますもので」男は女と同じくらいの年齢か、少し年上のようだった。

「おまえら常識ってものがないのか？ 子供は餓死させりゃあいいだろ？」

「次の世代がいなくなったら、あなた方の食料も供給できなくなりますが」

「なんだと!? おまえら、俺らに意見しようってのか!? おまえらの意見なんかいらねぇんだよ!! 命令を聞いてりゃ、それでいいんだよ!!」

「子供たちを飢えさせる訳にはいきません」女が言った。「他を当たってください。あるいは、わたしたちと一緒に農業をしていただけるのなら、多少は融通できると思います」

「今、何て言った？」強奪者の顔色が変わった。「おまえ、俺に働けって言ったのか？」

「働いていただけるなら、食料の融通はできるということです。無理強いはしません」

「おい、女！」強奪者は女の胸倉を摑《つか》んだ。「誰に物を言ってるんだ!?　俺たちは絶対《ぜったい》に働かねぇ!!　働くのはおまえたちだ。そして、俺たちはおまえらから貢ぎ物を貰う。そういう決まりになってるだろ!!」

「そういう取り決めに合意したことはありません」男は言った。「無理に働いていただくつもりはありません。他の村を探してください」

「他の村だと？　俺は今食いてぇんだよ!!　俺が食いたい時に食い物を出せねぇってのなら、おまえらには生きている価値はない。今ここで、息の根を止めてやる!!」強奪者は車の中から、金属の棒を取り出した。「さあどっちからだ？」

「まあ、殺すしかねぇな」オープンカーに乗ったままの強奪者の一人が言った。「こんなおばはん、他に使い道もねぇし」

「よく考えてください」女は懇願した。「こんなことを繰り返していたら、人々はいずれ一人もいなくなってしまいます」

「だからって、見逃す訳にはいかねぇな、何しろ、俺たちは肉食なんだから」

「肉食？」男が言った。

「そうだ。俺たちは肉食だ。おまえたちは草食動物なんだから、肉食動物に食ってもらうのが分相応ってものだろ」

「草食と肉食の話を持ち出されても困ります。わたしたちは獣ではなく、人間なので食い合いをして死んでいくのは馬鹿げています」

「言いたいことはそれだけか?」今まで黙っていた三人目の強奪者がオープンカーから這《は》い出すように出てきた。

「わかっていただけましたか?」男が言った。

「おまえら、相当鈍いようだな」三人目の強奪者はそう言うと、棒を持っている強奪者の方を見た。「おい。俺に貸せ」

どうやら、三人目の強奪者がリーダーのようだった。金属棒をぐるぐると振り回すと、女の肩に叩《たた》き付けた。

女は悲鳴を上げると、その場に蹲《うずくま》った。

「何をするんですか!?」男は女に駆け寄ろうとした。

「おっと。おまえもただじゃおかねぇ」リーダーは男の顔に向けて金属棒を伸ばした。

「今すぐ食い物を出すなら、許してやってもいいぞ。さあどうする?」

「残念です」男は悲しみにくれた。

「一々残念がることなんかねぇぜ。それがおまえたちの運命なんだ」

「いいえ。わたしたちのことを残念に思っているのではありません」

「じゃあ何が残念なんだ?……おい。おまえら、そのおばはんは始末していいぞ。このおっさん、食い物出す気はねぇらしいや」

「あなたはわたしたちのことを草食動物だとおっしゃいました」

「事実そうじゃねぇか。おい、何ぐずぐずしてるんだ？」

強奪者の一人は女の前で中腰になって、こちらに背中を見せている。

もう一人はその様子をじっと見ている。

「でも、わたしたちは草食動物ではないのです」

「はあ？」リーダーは銃を取り出した。「反抗する気か？　だったら、死ねよ」

「わたしたちは雑食動物です」

「俺は喩《たと》え話で言ってんだよ。人間が雑食性だとか、知ってるさ。おまえ空気読めよ。

おい、早くおばはんを殺せ。いつまで掛かってんだ？」

背中を見せている中腰の強奪者はもごもごと答えた。

もう一人は目を見開いて、中腰の強奪者を指差している。

「もういい。どけ。俺が撃ってやるから」

だが、二人は動かなかった。

「ぐずぐずしてたら、おまえごと撃ち抜くぞ、こら。早くこっち向け」

中腰の強奪者はゆっくりと振り向いた。

口の中に銃口が突っ込まれていた。

銃を握っていたのは、女だった。農具の中に仕込んであったらしい。

「おまえら、何者だ?」リーダーが呟《つぶや》いた。

「だから雑食動物ですよ」男が言った。

リーダーは何かを察知して、飛び退《の》いた。

男の農具から銃が飛び出した。ぴたりとリーダーを狙っている。

「こっちの銃の方が威力がある」リーダーは袖《そで》で汗を拭《ぬぐ》った。「それに何発だって撃てる。そっちは何発あるんだ? どうせ一発しか撃てない単発銃だろう」

「急所を撃ちぬくから一発で充分ですよ」男は微笑んだ。

「もし俺を撃ったら、おばはんも死ぬぞ。二人掛かりだから、絶対に勝てない」

「一人はもう死んだも同然ですよ。やってみますか?」

「一人殺したって、もう一人は確実におばはんを殺す」

「そうですね。じゃあ、わたしが撃ったら、あなたが死んで、あなたの部下も死んで、そしてわたしの家内も死ぬわけですか」

「そうだ。よく考えてみろ」

「その後、わたしが残った一人を殺したら、わたしたちの勝ちですね」

「おばはんが死んでもいいのか?」

「もう子供たちも大きくなったので、さほど心残りはないでしょう」

「わたし、死ぬのは御免よ」女が言った。

「訂正します。死ぬのは厭《いや》だそうです」

「だったら、銃をどけろ、おっさん」

「どけたら、この場から去ると約束して貰えますか？」

「何、いい気になってるんだ⁉」

かちりと音がした。女が銃の安全装置をはずした音だ。

中腰の男はもごもごと助けを求めている。

「俺たちと戦争する気か？」

「できればしたくありませんね」

リーダーは舌なめずりをした。

「わかった」リーダーは銃を下ろした。

「よかった」男も銃を下ろした。

「やれ！」リーダーは叫びながら、銃を構えなおした。

二発の銃声が響いた。

立っている方の部下も中腰の方の部下もじっと動かない。

女はゆっくりと立ち上がった。

中腰の男の後頭部の穴から血が流れ出し、そのまま後ろに倒れた。

立っていた方の男の喉《のど》には農具の先が突き刺さっていた。地面の上に転がると、がくがくと痙攣《けいれん》を始めた。

「なぜ、おばはんは生きている？」リーダーが言った。

「説明させて貰うと、まず立っている方を狙ったんです。口に銃を突っ込んでる方はどうせ動けませんから。それから、引き金を引いただけです」女が言った。

「銃声は二発だった。その距離からなら絶対にはずさないはずだ」

「いいえ。あの男は撃ちませんでした。喉に鋤《すき》の先が刺さって、それどころじゃありませんから」

「じゃあ、誰が撃ったんだ？」

「わたしです」男が自らの銃を差し上げた。「ご推察の通り、一発しか撃てない単発銃ですが」

リーダーは自分の鳩尾《みぞおち》に穴が開いていることに気付いた。

「畜生」リーダーは自分の銃の引き金を引こうとした。だが、力が入らず銃はぽとりと落下した。その上にリーダー自身の肉体が倒れ込んだ。

女はリーダーの死体を調べた。「こいつらが戻らないと、エデンのやつらは、ここに気付くかしら？」

「もうあそこはエデンじゃない。楽園は失われてしまった。彼ら自身の失策によって。やつらは永遠に果実を実らせる木を切り倒してしまったのだ。食料不足から同士討ちが始まり、今や彼ら自身もまた散り散りになり、わずかな残党が残っているだけだ。だが、さすがに仲間が戻ってこないと調べに来るかもしれない。どうする？　もちろん、君が逃げたいのなら、逃げても構わない」

「逃げる？　とんでもないわ。また最初から新たな土地を開墾しなけりゃならない。それに、子供たちに逃亡生活をさせる気はないわ。強奪者に抵抗したわたしたちのことはきっと噂になる。そして、噂はこの文明全体に広がり、人々を変えていくわ」

「これは無垢《むく》な文明を穢《けが》す行為なのかもしれない。強奪者は無垢だが、俺はそうではない」

「彼らは無垢な文明の中から変異によって生まれた。そして、あなたは外から入ってきた新しい種よ。どちらも進化には必要な要素なのよ」

「創設者の夢は壊れるかもしれない」

「創設者の夢はいつか実現する。ここでも、そして外の世界でも」

「初めて出会った時、君は理想主義者だった。そして、今もまだそうだ。君ほど、頑固な理想主義者には会ったことがないよ、ラミア」

「それはお互い様よ。頑固な現実主義者さん」

二人は若い恋人同士のように腕を組み、家路に就《つ》いた。

メリイさん

喜六《きろく》「おい。これなんや？」
お咲《さき》「なんやの？　宿替えの最中にややこしいこと、言わんといてや」
喜六「違うがな。これおまえのんか？」
お咲「あら。可愛らしい人形さんやね。けど、わたし、金髪で目の青いセルロイドの人形なんか知らんで」
喜六「そやけど、この家で人形、持ってるとしたらおまえやろ」
お咲「わたし、知らん言うてるやろ。あんたのと違うか？」
喜六「いや。わし、おっさんやぞ。人形遊びするような趣味あらへんがな」
お咲「わてかて、ええ年した大人やで。人形遊びなんかするかいな」
喜六「子供の時分に持ってたやつと違うか、言うてるねん」
お咲「そんな昔のこと覚えてる訳ないやろ」
喜六「なんや。覚えてないんか。ほんなら、これどないしよう？」
お咲「どないもこないも、うちには子供おらんねんから、ほったらええがな」
喜六「ほる訳にいくかいな。誰のもんかもわからへんのに」
お咲「うちにあったんやから、うちのもんやろ」

喜六「そやけど、おまえ、覚えないんやろ。ひょっとしたら余所《よそ》のもんがうちの荷物に紛れ込んだんかもしれんがな」
お咲「そんなことあるかいな。仮にそうやとしても、余所の家の荷物に紛れるようなもんや。どうせ持ち主もほるつもりやったんやろ」
喜六「そんなこと言うたかて、他人のもんやったら勝手にほる訳にいかん」
お咲「あんたも硬意地やな。……あっ。今、急に思い出した。それ、わてのや。そやから、ほってきて」
喜六「おまえ、面倒臭なって、そんなこと言うてるんやろ」
お咲「そんなこと、あらへん。ほってきぃ、言うてるんやから、さっさとほってきぃ！」
　えらい剣幕で言われたんで、喜六は納得せんままに、近所のごみ捨て場に人形をほかして来ます。
　宿替えも無事済み、夫婦で床についておりますと、突然電話がりんりんと鳴ります。
喜六「何や？　今頃、誰から電話や？」
　眠たいので、無視しているんですが、いっこうに鳴りやみません。ついに、根負けして、電話に出ます。
喜六「はい。もしもし」
メリイ「わたし、メリイ」
喜六「外人さんですか？」

メリイ「今、ごみ捨て場にいるの」
喜六「何の話でっか？」
メリイ「わたし、メリイ」
喜六「それはさっき、お聞きしましたけど？」
メリイ「あなたに捨てられたの」
喜六「いや。人聞きの悪いこと、言わんといておくれやす。わし、女ほかすほど、もてたことおまへんねん」
ぷつん。ぷー。ぷー。
喜六「電話切れとるがな。なんや。悪戯《いたずら》電話かいな。まあ、ええか」

りんりんりん。
喜六「また電話かいな。もしもし」
メリイ「わたし、メリイ。今、中之島《なかのしま》にいるの」
喜六「中之島？　大阪の中之島か？　もしもし、メリイさん、これ間違い電話でっせ」
メリイ「いいえ。あなたにかけているのよ、喜六さん」
喜六「えっ？　なんでわしの名前、知ってまんの？」
ぷつん。ぷー。ぷー。
喜六「間違い電話と違う？　ほな、誰や？……まあ、ええか。思い出すのも邪魔臭いし」

りんりんりん。
喜六「もしもし」
メリイ「わたし、メリイ。今、大江橋《おおえばし》にいるの」
喜六「大江橋？　ほなら、まだ中之島や。どういうこっちゃ？　おたく、どなたでっか？」
メリイ「わたし、メリイ」
喜六「いや。それはわかってるんですけどね。おたく、わしとどないな関係がおまんねん？」
ぷつん。ぷー。ぷー。
喜六「また、切れたがな。まあええか」
りんりんりん。
喜六「もしもし。メリイさん？」
メリイ「わたし、メリイ、今、なにわ橋にいるの」
喜六「いや。もうよろしいいて、言うてまんがな」
ぷつん。ぷー。ぷー。

りんりんりん。
メリイ「わたし、メリイ。今、京橋《きょうばし》にいるの」
喜六「……ああ。京阪《けいはん》に乗っとるんかいな！　中之島、大江橋、なにわ橋、京橋いうたら、全部京阪中之島線の駅やな。そういうことか。もしもし。次は野江《のえ》かどこかでっか？」
ぷつん。ぷー。ぷー。

りんりんりん。
メリイ「わたし、メリイ。今、天満《てんま》にいるの」
喜六「環状線に乗り換えとるがな！　それも内回りやがな。……もしもし。どこにいかはるんでっか？」
ぷつん。ぷー。ぷー。

りんりんりん。
メリイ「わたし、メリイ。今、大阪にいるの」
喜六「『大阪』言うたら、わかりにくいけど、大阪府や大阪市という意味と違《ちご》て、ＪＲの大阪駅のことやね」
ぷつん。ぷー。ぷー。

りんりんりん。
メリイ「わたし、メリイ。今、福島にいるの」
喜六「どちらの福島ですか？」
メリイ「福島県」
喜六「嘘吐け。なんでいきなり東北に行くねん」
メリイ「本当は環状線の福島駅にいるの」
喜六「おたく、ひょっとして、うち来ようとしたはるんと違いますか？　今から来られても困りまっせ」
ぷつん。ぷー。ぷー。

りんりんりん。
メリイ「わたし、メリイ。今、福島駅の改札口にいるの」
喜六「やっぱり降りたんか。もしもし、今頃来てもうたら、困りまっせ。そもそも、最初に中之島におったんやったら、京阪とJR乗り継ぐまでもなく、歩いてきた方が早かったん違いまっか？」
ぷつん。ぷー。ぷー。

りんりんりん。

メリイ「わたし、メリイ。今福島七丁目と八丁目の間の交差点にいるの」
喜六「やっぱりやがな。うちに向かって真っすぐに突き進んどるがな」
お咲「あんた、夜中に何騒いでるのん？」
喜六「いやいや。さっきから気色の悪い電話が掛かって来てんねや」
お咲「気色の悪い電話って誰から？」
喜六「メリイさん。……痛っ!!　なんやいきなり引っ掻《か》いて。血が出とるがな」
お咲「メリイっていうのは、どこぞのキャバクラ嬢の源氏名やな。夜中にこそこそキャバクラ嬢に電話するて、何てこと!?」
喜六「違うがな。濡《ぬ》れ衣《ぎぬ》やがな」
お咲「ちょっと代わってんか！　もしもし、あんた誰や」
メリイ「わたし、メリイ、もうすぐあなたの家に行くの」
お咲「今からかいな。こんな真夜中にちょっと常識ないで」
　ぷつん。ぷー。ぷー。
お咲「メリイって娘。今から来るていうてるで。何考えてるの？」
喜六「わしに言われても困るがな、さっきから向こうから一方的に電話掛けてきとるんやがな。中之島から京阪と環状線使うて、駅名報告しとるねん。……ちょっと待てよ。この時間には電車、動いてへんのと違うか？」

お咲「あんた、何言うてるん？」
喜六「いや。おかしいねん。……そのメリイさんいうの、……わしのことよう知っとる感じやった。……家の場所もよう知ってるみたいやったし、……なんで……自分の居場所教えながら近付いてくるんや？」
　りんりんりん。
お咲「きゃあああ‼」
喜六「びっくりするがな。何、大声出してんねん？」
お咲「ひょっとして……メリイさんて、ひょっとして……」
　りんりんりん。
喜六「もしもし」
メリイ「わたし、メリイ。今、福島八丁目と鷺洲《さぎす》二丁目の間の交差点にいるの」
お咲「ぎゃあああ‼」
喜六「おまえ、どないしたんや？」
お咲「す、すぐそこまで来てる‼」
喜六「もうそこまでやな。歩いて一分程かな？」
お咲「すぐ、逃げるんや」
喜六「なんで、わしらが逃げなあかんのや？」
お咲「あんた、わからんのか？　メリイさんはわたしらのこと全部お見通しなんや。メリイさんが来たらえらいことになってしまう！」
喜六「お咲、メリイさんて、何者なんや？」
お咲「メリイさんは……メリイさんは……」
喜六「メリイさんは？」
お咲「あんたのストーカーや!!」

どんどんどん。どんどんどんどん。
甚兵衛《じんべえ》「こんな晩遅うに誰やがな？　ちょっと待っとくなはれや」
喜六「甚兵衛はん、助けておくれやす」
甚兵衛「どなたですかいな？」
喜六「喜六だす。命が危ないんで、助けておくれやす」
甚兵衛「命が危ない？　そら、只事《ただごと》やないな。こち入り」
喜六「うわー！」
甚兵衛「なんや？　夫婦、揃うて血相変えて。おまえら福島に宿替えしたんと違《ちご》たか？」
喜六「宿替えしたんだすけど、もう頼れるのは甚兵衛はんだけやと思て、ここまで走ってきました。えらいことでおます。メリイさんが来ます」
甚兵衛「メリイさん？　また、バタ臭いな」
喜六「えっ？　わし臭いでっか？」

甚兵衛「バタ臭いっちゅうのは、西洋風っちゅうことや。外人さんか？」
喜六「それはわかりまへんが、ストーカーなんです」
甚兵衛「ストーカー？　ちょっと待ってくれ。落ち着いて話してみい」
喜六「これこれ、こういう訳で、ストーカーに家を突き止められましてん」
甚兵衛「話はわかった。しかし、それ、話を聞くところによると、只のストーカーとは思えんぞ」
喜六「只と違《ちご》うて、なんぼか金取られまんのか？」
甚兵衛「値段のこと言うとるんやないわ。尋常ならざるものや言うとるんや。元はと言えば、よう考えもせんと魂の籠《こも》った人形を捨ててしまったことが原因やな。このままやと、おまえら夫婦はとり殺されるぞ」
　りんりんりん。
甚兵衛「何の音や？」
喜六「わしのスマホの音だす」
甚兵衛「スマホ？　電話て、スマホのことやったんか？　いったいこの噺《はなし》、時代設定どうなっとるんじゃ？　そういうたら、さいぜん、京阪中之島線とか言うとったな」
喜六「平成二十年開業だす」
甚兵衛「つい最近やな。……ああ？……細かいことはええ？　そうか。ちょっとそのスマホ貸してみい。……もしもし」

メリイ「わたし、メリイ。喜六さん、おうちにいなかったから、福島駅に引き返したの。今から、そっちに向かうわ」
　ぷつん。ぷー。ぷー。
喜六「今から、こっちに来るらしい」
喜六「あかんがな。はよ逃げんと」
甚兵衛「待て待て。相手はこの世の者ではない。いくら逃げ惑っても逃げおおせるものではなかろう」
喜六「ほな、どないしたらよろしいんでっしゃろ？」
甚兵衛「ちょっと待て。こういうときには書物を調べるのが一番じゃ。今から探すからな。……あった。あった。この本じゃ」
喜六「何だすか、その本は？」
甚兵衛「これは都市伝説の本じゃ。メリイさんについても、ここにちゃんと載ったある」
喜六「ほんで、どうすれば助かると書いてますか？」
甚兵衛「それについては……載ってないな」
喜六「ほんなら、役に立ちまへんがな」
甚兵衛「いやいや。直接的な解決方法は載ってないが、この本にはいろいろとヒントが書いてある」
喜六「どんなことですか？」

甚兵衛「おまえ、カシマさんって知っとるか？」
喜六「誰ですか？」
甚兵衛「空襲で亡くなった女の人らしい」
喜六「まあ、中にはそういう苗字の方はおったでしょうね」
甚兵衛「その人が来るんや」
喜六「さっき死んだて言うたはりましたよね」
甚兵衛「そういうことになっとるな」
喜六「それって、お化けとかそういうことですか」
甚兵衛「そや。夜中にやってきて質問するそうや。『脚要るか？　手要るか？』て」
お咲「ぎゃああ!!」
甚兵衛「おまえの嫁はん、喧《やかま》しいな」
喜六「手も脚も要るに決まってまんがな。なんで、そんな人が来るんですか？」
甚兵衛「おまえ、今カシマさんの話聞いたやろ。カシマさんはこの話聞いた人のとこに来るんや」
喜六「なんちゅう話してくれまんのや!?」
甚兵衛「これもおまえらのためや」
喜六「いや。こうしてられへん。すぐに逃げんと……」
甚兵衛「逃げおおせるもんやないて言うたやろ。そんなことより、テケテケって知ってるか？」
喜六「さあ。子供向きのアニメか何かだすか？」
甚兵衛「冬の北海道で若いおなごが列車に轢《ひ》かれたんや」
喜六「なんちゅうアニメや」
甚兵衛「アニメと違《ちご》て実話や」
喜六「まあ。そういう事故もあったんでしょな」
甚兵衛「その列車はちょうど胴体の上を走ったんで、身体は真っ二つや。腹から上と下に分かれてしもうた」
喜六「うわっ!! えぐい話やなぁ。そら、即死だすな」
甚兵衛「ところが、冬の北海道はとてつもなく寒い。血管が収縮して、殆《ほとん》ど出血がなかったため、その女性は数分間生き永らえて周りに助けを求めたけど、誰もどうすることもできん。苦しみ抜いて死んでもたということや。この人がテケテケという幽霊になった」
喜六「わっちゃあ。えげつなぁ。ほんで、そのテケテケがどないしたんだすか？」
甚兵衛「これもおまえとこに来る」
お咲「ぎゃあああ!!」
甚兵衛「おまえの嫁はん、喧しいな」
喜六「なんでそんな話しまんねん」

甚兵衛「これもおまえらのためや」
喜六「もうあかん」
甚兵衛「おまえ、ちょっとわしと一緒に外出てくれるか？」
喜六「これからお化けが来るいうのに外なんか出られまっかいな」
甚兵衛「いやいや。メリイさんの移動速度から判断して、ここに到達するにはまだちょっと時間が掛かるやろ」
喜六「なんか急に科学的な話になりましたな」
甚兵衛「とりあえず、ついといで。……そこに公衆電話があるやろ」
喜六「はあ。最近珍しいでんな」
甚兵衛「この公衆電話から、おまえのスマホに電話掛けてみ」
喜六「わしに話あるんやったら、じかに話しますけど？」
甚兵衛「とりあえず、儀式や思て電話してみ」
喜六「へえ。掛けました」
　りんりんりん。
甚兵衛「これで、いったん電話をとると。ほなら、公衆電話からさとる君に呼び掛けてんか」
喜六「また、新しい人でっか？」
甚兵衛「人っちゅうかお化けやな」

喜六「勘弁しとくなはれ。このうえ、またお化けて」
甚兵衛「辛抱して言うこと聞け。おまえの命のためや」
喜六「へえ。何と言えばよろしいんだすか？」
甚兵衛「さとる君、さとる君、お越しください」
喜六「さとる君、さとる君、さとる君、お越しください」
甚兵衛「こんでええ。家入ろ」
喜六「さとる君て誰だすねん？」
甚兵衛「正体はようわからんが、こうすると家に来てくれるらしい。背後に立って、何でも質問に答えてくれるが、振り向いたら最後どっかに連れて行かれるということや」
お咲「ぎゃああ‼」
甚兵衛「おまえの嫁はん、喧しいな」
喜六「そやけど、お化け一人でも手に負えまへんのに、四人も来たらお手上げでんがな」
甚兵衛「いや、一人やったら、どないもならんが、四人もいたらなんとかなる」
　りんりんりん。
甚兵衛「非通知か。早速さとる君からの電話かな？　もしもし。……あっ、メリイさんかいな。今どこ？……ちょっとまだ早いな。どこぞで時間潰《つぶ》しといて」
　ぷち。
喜六「甚兵衛はん、あんたメリイさんと友達ですか？」

甚兵衛「友達やないけど。お化け相手に気ぃ使《つこ》てもしゃあないやろ」
　りんりんりん。
甚兵衛「もしもし。……今度はさとる君や。……いや。間違いやない。ちょっと事情があって、喜六やのうて、わしが代理で電話に出とるんや。……そんな前例はない？　いや。何事も最初はあるやろ。今どこ？……中之島？　みんな中之島から始めなあかん決まりでもあるんかいな？……手続きの関係で市役所の近くが都合がいい？……とりあえず中之島は遠い。もっとねきから始めてんか。……もしもし。もしもし。……切りよった」
喜六「怒らしたん違いまっか？」
　りんりんりん。
甚兵衛「もしもし。……あっ。メリイさんか。一つ頼みがあるんやけど、三丁目のファミレス、開いてるかどうか見てきてくれるか？」
　ぷち。
喜六「あそこ年中二十四時間営業でっせ」
甚兵衛「わかっとる。時間稼ぎのために見に行かせたんや。このままやと早《はよ》う着き過ぎる」
喜六「何言うたはるんでっか？」
　りんりんりんりん。

甚兵衛「あっ。さとる君、もう少し急いでくれへんかな？　いや。そっちの事情は重々わかっとるんや。そやけど、あんまりのんびりしてたら、こっちかてキャンセルせざるを得んようになるんや。……キャンセルは受け付けてない？　いや。手違いでダブルブッキングしてしもたんで、もう一方が先に来たらそっちを優先させて貰《もら》うから。……困るって言われても、先に来た方を帰らす訳にもいかんしな。まあ、できるだけ急いでくれ」

ぷち。

喜六「甚兵衛はん、メリイさんとさとる君でえらい対応が違いますな。さとる君は急《せ》かしてるけど、メリイさんはわざと遅らそうとしたはる」

甚兵衛「これには理由があるんや。到着時刻の調整をしとるんや。メリイさんは先に出発してるから、もう着きそうなんや。二人を同時に着かせるには、メリイさんをゆっくりさせて、さとる君を急かすしかないやろ」

りんりんりん。

甚兵衛「もしもし。……メリイさん？　ファミレスは開いてた。ああ。おおきに。ほんなら、次は四丁目のコンビニに……えっ、もう嫌？　どういうことや？……さっきはしてくれたやろ。……さっきはさっき、やて？　いや。それは困る。いったん引き受けたんやから、最後までやってもらわんと。途中でやめるんやったら、最初からすんなっちゅう話や。もうあんたが見にいくっちゅうことで段取り組んであるんや。こんな言い方したないけど、今更断ったら、賠償問題に発展するかもわからんで。出るとこ出て、白黒付けよか？　それが嫌やったら、さっさとコンビニ見にいけ。話はそれからや」

ぷち。

喜六「甚兵衛はん、なんか阿漕《あこぎ》な商売した経験とかありまんのん？」

りんりりんりん。

甚兵衛「さとる君？　もう最寄駅まで来た？……いや。電話してる暇があるんやったら、その分進んだらどやねん。……電話で現在地を知らせるのはサービスに含まれてる？　もうそれはええから、さっさと来てくれるか？　とにかく三十分以内に」

ぷち。

りんりりんりん。

甚兵衛「メリイさん？……コンビニ閉まってた？　ほんなら開いてるコンビニ探してきて。……そや。買いもん頼もうと思て。……もう行きとない？　賠償金払《はら》て済むんやったら払う？　いや。はした金では済まんぞ。……わかった。法廷で会おう」

ぷち。

喜六「裁判沙汰《ざた》でっか！」

甚兵衛「これ以上、時間稼ぎするのは無理やな。あとは運次第や」

りんりりんりん。

甚兵衛「さとる君？　そやから電話してる暇があるんやったら、急いでくれと……えっ？　もう着きそう？　家見えてる？　よう頑張ったな。えらいえらい。……あれは誰やって？　誰かおるんか？……暗い感じの女やて？　足はある？　大怪我してるみたいやけど、足はある。ははあん。ほんなら、あれやな。カシマさんの方やな。……別のやつってこいつかって？　話つけてくる？　いや。そんなこと勝手にされたら困るがな。もしもし。さとる君？」

　ぷつん。ぷー。ぷー。

喜六「どないなったんですか？」

甚兵衛「家の外で、さとる君とカシマさんが鉢合わせしたらしい。電話の感じやとちょっと険悪な感じやな」

　りんりんりん。

甚兵衛「もしもし。メリイさん？……変なのに因縁つけられて、家の中に入られへんて？　暗い感じの女で、足はある。ほんならやっぱりカシマさんやな。……あの。さとる君はおるかな？　たぶん男の子やと思うけど。……ふん。なんかえらい剣幕でカシマさんに文句つけて追っ掛けてるて？　それ、さとる君や。……えっ。もう一人おる？　騒ぎに紛れてこっそり家に入ろうとしてた。どんなやつ？……下半身がのうて、匍匐《ほふく》前進してる。ああ。それはテケテケや。……何やて？　叩《たた》きのめしてやるって？　もしもし。もしもし」

　ぷつん。ぷー。ぷー。

甚兵衛「なんや相当怒ったぞ」
　りんりんりん。
甚兵衛「さとる君？　今、カシマさんを追っ掛けてる。追っ掛けてたら、下半身のない人が喧嘩《けんか》売ってきた？　それはテケテケや。それで、メリイさんは？　女の子はテケテケ追っ掛けてる。ほんで、カシマさんはメリイさんを追っ掛けてる。なんや、ようわからんな。みんなでぐるぐる家の周り回ってるんかいな。……喜ぃやん、ちょっと外の様子見てくれるか？」
喜六「甚兵衛はん、わし、ちょっと怖おす」
甚兵衛「なんも怖い事なんかあるかいな。ちょっと覗《のぞ》いてみ」
喜六「うわぁ！」
甚兵衛「どないしたんや」
喜六「なんやぼんやりした影みたいなのが、びゅんびゅん走ってまんがな」
甚兵衛「仕事とられたら、えらいことやと思て、みんな必死に走っとるんやな」
　お化けたちはさらに物凄《ものすご》いスピードで追い掛けあいを続けます。そのうちびゅうびゅうと竜巻のような風が吹いてきて、家ががたがた揺れ始めます。音はどんどん高くなっていき、最後にはきーんとしたこめかみに響くような音になったと思ったら、だんだんと聞こえんようになってきました。
喜六「なんか暑なってきましたな」

甚兵衛「これはあいつらがあまりに速く走ってるので、摩擦熱が発生しとるんじゃろ」
喜六「心なしか、光ってまへんか？」
　あまりに素早いので、もう一人ずつ見分けることもできません。家を中心にまるでドーナツのようになってます。うすぼんやりと光り始め、ところどころ鬼火のようなスパークが走ってます。
喜六「うわぁ。速過ぎて、逆に止まって見えてまっせ」
お咲「ぎゃあああ!!」
甚兵衛「おまえの嫁はん、喧《やかま》しいうえに、悲鳴あげるタイミングがおかしいぞ」
喜六「甚兵衛はん、なんかにおいしまへんか？」
甚兵衛「におい？　そういうたら、ばちばちいうとったな。火事でも起きたら、えらいこっちゃ。ちょっと様子見にいくから、ついてきなはれ」
喜六「うわぁ。なんやこれ？」
甚兵衛「あまりに速過ぎて、熱で溶けてもうたんやろな。ぐちゃっとくっついて、家の周りをドーナツみたいに取り囲んどる」
喜六「そやけど、なんやこれ香ばしゅうていいにおいしてますな」
甚兵衛「これこれ、何涎《よだれ》垂らして近付いてるねん。触ったらあかん」
喜六「そんなこというけど、こんなええにおい嗅《か》いだら、辛抱堪りまへん」
　喜六は我慢できず、どろっとしたものを手で掬《すく》って口に放り込みます。

喜六「こ、これは!!」
甚兵衛「喜ぃやん、大丈夫か？」
喜六「これはうまい。甚兵衛はんも食べてみなはれ」
甚兵衛「ほんまや。これは上等なバターじゃ」
喜六「どおりで……バタ臭いはずや」

流れの果て

わたしは旅をしていた。

一年、二年……。

それはわたしが望んだものではなかった。

わたしは深い理由もなしに、それまでの生活が続き、いつかは愛する女と共に暮らしていくのだとぼんやり考えていた。

そして、結論を急ぐことはないと楽観していた。

だが、その時は突然にやってきたのだ。

五年、六年……。


わたしはずっと待っていた。

わたしは深い理由もなしに、それまでの生活が続き、いつかは愛する男と共に暮らして行くのだとぼんやり考えていた。

そして、結論を急ぐことはないと楽観していた。

だが、その時は突然にやってきたのだ。

わたしは旅をしていた。
十年、二十年……。
それはいつ果てるともしれない旅だった。
だが、わたしはそれはいつか終わるものだと思っていた。
始まったからには必ず終わるものだから、わたしはそう確信していた。
そして、旅は続いた。
百年、二百年……。

わたしはずっと待っていた。
待つしかないと言ってくれた人はすぐに逝ってしまった。
わたしには他に何も道がなかった。
待つことだけが唯一残された道だった。
わたしは待った。
他に幸せがあるなどということは思いつきさえしなかった。
わたしは待つことは不得手ではないと言った。
本当にそう思っていた。
でも、違っていた。
待つことは耐え難い苦痛だった。

それでもわたしは待った。

わたしは旅をしていた。
一万年、二万年……。
わたしは星々を越えた。
想像を絶する奇怪な世界を訪れ、そしてまた次の世界へと旅立った。
わたしには使命があった。
それはわたしでなくてもできたかもしれない。
だが、わたしがやらなくてはならなかった。
やがて、わたしは使命さえ忘れた。
そして、永劫《えいごう》の時を経て、使命を思い出した。
百万年、二百万年……。

わたしはずっと待っていた。
わたしは子供たちに教えた。
諸々のことを、重要であるかどうかさえ、さだかでないことを。
子供たちは過ぎ去り、大人になり、そしてまた新しい子供たちがやってきた。
季節は移ろい、時代は流れた。

わたしに忘れるようにと言った人はとっくに逝ってしまった。
あの男は消えてしまった。
戻ってくる気配はまるでなかった。
戻ってくる保証はまるでなかった。
わたしは待ち続けた。

わたしは旅をしていた。
一億年、百億年……。
わたしは時代を越えた。
様々な生命や文明が生まれ、消滅していった。
多くの人々が生まれ、喜び、悲しみ、愛し、憎み、そして死んでいった。
生命は儚《はかな》く、そしてしぶとかった。
文明は脆《もろ》く、そして美しかった。
生命と文明の網の目の中で、知性はもがき、抗《あらが》った。
永劫の時の中、わたしは彼らを忘れた。
そして、彼らもまたわたしを忘れた。
永劫の時の中、わたしは彼らと巡り合い続けた。
一兆年、一京年……。

わたしはずっと待っていた。

わたしは秋を迎え、やがて冬が訪れようとしていた。

人の命には限りがあり、幸運なことに永久に待ち続ける必要はなかった。

世界は少しずつ変貌《へんぼう》を遂げつつあった。

わたしの知っていたものはゆっくりと消えていった。

わたしの知らないものがゆっくりと覆っていった。

よく見知った古い世界が見知らぬ新しい世界にすり替わっていく。

同じ世界が彩りを変えたのか、違う世界に乗っ取られたのか、わたしにはもはやわからなくなった。

人々も変わっていた。

懐かしい古い人々はいつの間にか、よそよそしい新しい人になっていった。


わたしは旅をしていた。

一極《ごく》年、一恒河沙《ごうがしゃ》年……。

わたしは世界を越えた。

別の流れの世界。

本当はなかった可能性の世界。

だが、それは一つの視点での話だ。
世界を乗り換えると、それまでの幻が紛《まご》うことなき、真実の世界になる。
どれが真実でどれが虚構なのか。
どれもが真実でどれもが虚構なのか。
世界は何も答えず、世界に印が付いているわけでもなかった。
わたしは世界から世界へと渡り歩くうちにすっかり迷ってしまった。
そして、元の世界へ戻る道も自分に戻る道も失ってしまった。
わたしは世界と自分を失った。
一不可思議《ふかしぎ》年、一無量大数《むりょうたいすう》年……。

わたしはずっと待っていた。
わたしは「おばあちゃん」になってしまった。
わたしは仕事を辞めた。
だけど、教師ではあり続けた。
わたしは子供たちに教えた。
それが重要であるかどうかはもはや気にならなくなっていた。
重要なのは教えている内容ではなく、教えているという事実そのものであったから。
空も海も陸もすっかり変わってしまった。

わたしは待つことに苦しみ、待つことを疑い、待ち続けた。

わたしは旅をしていた。
一尸婆麼怛羅《しばまたら》年、一不可説不可説転《ふかせつふかせつてん》年。
果てしなき流れの中でいつしかわたしは自分を見失ってしまった。
わたしが何者であるかもわからず、わたしはわたしに命じられるままに努めた。
わたしはそれが正しいと思っていた。
だが、わたしはしくじってしまった。
取り返しが付かない。
わたしは罰を受ける。
もう限りなき命は失われる。
わたしはわたしではなくなる。
そして、わたしであったところのものに回帰する。
わたしはわが父と一つになり、目覚めることなく、眠りに落ちた。
アレフ零年、アレフ一年……。
わたしはずっと待っていた。
死の影が身近に迫ってきた。

わたしの身体は弱まり続けた。
わたしの精神は弱まり続けた。
笑うことすらなくなっていった。
訪れる者はだんだんといなくなっていく。
時々、わたしは何を待っているかわからなくなってしまう。
時折、わたしは誰を待っているのかわからなくなってしまう。
それでも、わたしは待ち続ける。

わたしは旅をしていた。
アレフ一無量大数年、アレフ一不可説不可説転年……。
夢の中でわたしは永劫の時を過ごした。
眠る前の長い旅を何度も繰り返し体験した。
わたしは宇宙の意味を摑《つか》みかけては、それをすべて失い続けていた。
ある時、永劫の繰り返しの終わりがやってきた。
わたしはもう時間の中で自らを見つけることを諦《あきら》めていた。
わたしは何もない清らかなわたしであった。
だが、その身体はもはや老いさらばえていた。
わたしはまた旅を始める。

アレフ・グーゴルプレックス年、アレフ・グラハム数年……。

わたしはずっと待っていた。
その男はもう年をとり過ぎていた。
わたしはその男を待っていたのか、それとも別の誰かを待っていたのか。
それは重要なことだったのか。
それすらもわからなくなっていた。
わかっているのは、目の前に誰かがやってきたこと。
この男はただやってきたのか。
それとも戻ってきたのか。
わたしはその男にそっと寄り添った。
わたしは確信を持てなかった。
それでも構わなかった。

わたしは旅をしていた。
アレフ・アレフ零年……。
わたしは戻ってきたのか。
それとも、旅の途中なのか。

あまりにも途方もない永劫《えいごう》の力にわたしはなすすべもなかった。
わたしは年老いた女に語りかけた。
その女に夢の話をしようと思う。
わたしの長い夢の話を。
絶対無限。

食用人

世の中にはいわゆるゲテモノ食いの人たちがいるが、わたしには全く理解できない。精肉店に行けば、安価でうまい食用肉を買うことができるというのに、そうした人たちは食用でない肉をわざわざ高値で買うか自分で苦労して捕まえるかして、食べるのである。そういったものを食用動物の肉よりもうまいという者もいるが、どうだろうか。本当にうまいかどうかは別にして、食用でないものを食べているというだけで、気分が悪くなってしまい、味なんか感じなくなってしまう。

例えば、よく蛙の肉は鶏肉《とりにく》のようだという話を聞くが、とても信じられない。そこらの池や田んぼで蠢《うごめ》いているあの殿様蛙の皮を剝《む》いて、骨を抜き、フライパンの上で焼いたものを食べさせられそうになったことがあるが、あれは酷《ひど》かった。あんなグロテスクなものを食べる気には到底なれない。あんなものを食べるなんて、とても文明人とは信じられない。

そもそも蛙を食べたければ、食用蛙を食べればいいのだ。わたしもあれは大好物だ。あのユーモラスな外見を見るだけで、食欲をそそり、口の中が唾《つば》でいっぱいになる。市場で見掛けた時なんか、ナイフが手元にあったら、買ってすぐに生きたままの新鮮なのをばりばりとその場で裂いて、生で食べたりもする。さばく時に、げこげこと結構暴れたりするのだが、別に可哀そうでも気持ち悪くもない。なにしろ、あいつらは食用なのだから。食用の生き物は殺しても可哀そうでも気持ち悪くもない。たぶん、人間は食用かどうかを本能で理解しているのだろう。

猪肉を食べる人も理解できない。豚と同種だという人もいるが、同種かどうかはあまり関係ない。重要なのは、食用かどうかだ。豚は食用なのだから、食べてもいいけど、猪は食用じゃない。同種だと言っても、食用の亜種がいるのに、わざわざ食用でない方の亜種を食べる意味って何だろう？　そんなことをする人間の精神状態を疑ってしまう。

譲歩して、猪と豚は同種だという強弁を許すとしても、鶏があるにもかかわらず、鴨だの合鴨だのを食べる輩《やから》も理解不能だ。鶏という食用の鳥類がいるのに、わざわざ水鳥を食べるのははっきり言って気味が悪い。

その他、牛が存在するのに、馬を食べるとか、食用でない爬虫類《はちゅうるい》や昆虫を食べるとか、もはや想像力の限界を越えている。

ペットである犬や猫を食べる人間については、考えるだけでも吐き気がする。もちろん、食用犬や食用猫なら、別に問題はない。それは食用の種類だからだ。新鮮な生きたままのを買ってきて、自分で絞めて料理するのは大好きだ。腹が立つのは、食用がいるにもかかわらず、そうでない犬・猫を敢《あ》えて食べるやつらだ。

そういうやつらに限って、「食用も非食用もどちらも同じ種で、知能だって同じように高い。それなのに、食用犬・食用猫だけを食べるのはおかしい」などとふざけたことをいう。彼らは知能なんか関係ないことがわからないのだ。重要なのは食用なのかそうでないのかということだけだ。知能のような曖昧《あいまい》性はない。食用かどうかだけを気にかけていれば確実に間違いないのだ。

考えてみれば、すぐわかることだ。もし知能の高いものを食べてはいけないのなら、たいていの犬よりも知能が高い豚を食べてはいけないことになる。豚を食べられないなんてことに耐えられるだろうか。さらに言うなら、犬・猫はおろか、豚・牛や蛸《たこ》・烏賊《いか》よりも遥《はる》かに知能が高い食用人も食べてはいけないことになってしまう。

彼ら食用人はわたしたちと同種のホモサピエンスだから、知能も感情もわたしたちとほぼ同等だ。だからと言って、彼らを食べないなんて、馬鹿なことはありえない。「食用人はわたしたちと同じ知性があるから、食べてはいけません」などと言った日には、大笑いされるのが落ちだろう。なにしろ、彼らは食用なのだから、知能があろうが、なかろうが、最初から関係ないのだ。


「今度の職場宴会なんだけど、何の料理がいい？」同僚の洋子《ようこ》が言った。

「あっ。洋子、幹事なんだ」

「今年、幹事は順番なんだって」洋子はうんざりした表情で言った。

「今時、職場で飲み会するのも古臭いんじゃない？」わたしは正直に言った。「パスしちゃおうかな？」

「ちょっと、それは困るわ。パスできるってことになったら、女子はみんな来なくなるじゃない。そしたら、わたし一人になるわ。そして、どうして女子が来ないんだとか、宴会の間中、部長にぐちぐち文句言われ続けるのよ」

「わかったわよ。行けばいいんでしょ。それで、料理は何？」

「まだ決めてないんだけど、季節からいって、鍋《なべ》がいいんじゃないかと思うの。鳥鍋か、すき焼きなんか、どう？」

「だったら、人鍋がいいわ」わたしは言った。

「ああ。人鍋、いいわね」

「豚肉とか牛肉とか、たまに駄目っていう人はいるけど、人肉が駄目って人はまず聞かないし」

「まあ、そうでしょうね。当たり前だけど、人間の身体に必要な栄養は全部人の身体にあるので、とってもヘルシーだし」洋子が言った。

「そうよ。ダイエットしている女子には人鍋が人気なのよ」

「でも、逆に定番過ぎて、つまらない感じもするわ」

「じゃあ、焼き人肉にする？　目の前で捌《さば》きながら、金網の上に置いてくれる店、知ってるわよ」わたしは提案した。

「確かに、変わった店の方が受けるかもね。でも、目の前で捌くってだけだと、もうそんなに目新しくないかも」

「そんなことないって、洋子の感覚が新し過ぎるんだって」

「じゃあ、刺身のおいしい店にしようか？」

「刺身？　ちょっと嫌かな」

「どうして？」

「魚はね」

「魚、嫌いなの？」

「嫌いじゃないのよ。でも、ほら魚って、食用かどうかわかりにくいじゃないの。自分で買う分にはいいのよ。買う時に名前をネットで調べて食用かどうか調べられるから。でも、店で切り身だけ見ても、ちゃんとした食用の魚か、深海魚や熱帯魚みたいな本当は食用じゃないやつを食用に見せかけて出しているだけかわからないじゃない」

「ああ。理保子《りほこ》って、そういうの気にするんだ」

「気にするわよ、わたしってナイーブなんだから。それに実を言うと、ちょっとトラウマがあるのよ」

「トラウマって？」

「わたしの友達が引っ掛かったんだけど、鯛《たい》の刺身だって出されて食べていたら、突然それは鯛じゃなくてティラピアっていうナイル川の肉食魚だって言われたのよ」

「まあ、魚はたいてい肉食だけどね」

「そのあとその子はショックを受けて、吐きまくるわ、泣きじゃくるわ、ビール瓶で殴りかかるわで大変だったんだから」

「へえ。なんだか、面白そう」洋子はサディスティックな笑みを浮かべた。

「いや。その場にいたら、面白くなんかないんだって。わたし、その計画知ってたら、絶対に止めてたわ。食用じゃない魚を食べるなんて、考えただけでおぞましいわ」

「じゃあ、お寿司《すし》も駄目ってこと？」

「もちろんよ」

「じゃあ、活《い》け造りはどう？」

「活け造り？　何、それ？」

「魚を生きたまま刺身にすることよ」

「そんな、身体を切ったら、死んじゃうでしょ」

「いずれはね。でも、食べるところは筋肉だから、内臓を傷付けないように手早く調理したら、しばらくは生きていられるのよ」

「ふうん。それなら、魚の種類がはっきりわかるからいいかもしれないわね」

「じゃあ、そうする？」

「でも、活け造り専門店なんかあるの？」

「別に専門店じゃなくても……」洋子はスマホで検索した。「あっ、あったわ！」

「あったんだ、活け造りの専門店」

「ええ。ただし、魚じゃないけどね」

「何？　烏賊とか蛸？」

「人よ」

「人の活け造り？　人を一人活け造りにするってこと？」

「そうよ」

「そんなの食べきれないでしょ。幼児だとしても、何キロもあるんじゃない？」

「いや。食べられるところを全部食べる訳じゃなくて、大部分の筋肉は切り取って、店が別の料理に使うんだって、あと内臓や脳は傷付けなければ、店で買い取ってくれるシステムなのよ。だから、十人で注文すれば、一人この値段よ」洋子はサイトの値段を見せてくれた。

それは宴会にしては少し高めだったが、洋子の話が本当なら、それだけの価値はあるような気がした。

「わかったわ。それでお願いするわ」

「まあ、他の人たちの意見も聞かないといけないから、これ以外の料理になるかもしれないけどね」

「とりあえず期待しているから、頑張ってね」

宴会は人の活け造りに決定した。

店に入ると、すぐに檻《おり》があって、その中に全裸の食用の人が大勢いた。

殆《ほとん》どは寝転がっているか、俯《うつむ》いて座り込んでいるか、ぎゃあぎゃあ泣いているかだったが、中にはがんがんと檻を叩《たた》き続けている者や、仲間同士で殴り合いをしている者や、黙って客や板前を睨《にら》んでいる者や、一生懸命命乞《いのちご》いをしている者や、延々と罵詈雑言《ばりぞうごん》を投げかけてくる者もいた。

「こういうのは全部、恐怖を紛らわせる行動なのよ」洋子は物知り顔で言った。

「へえ。相当怖いんでしょうね」わたしは相槌《あいづち》を打った。

「そりゃそうよ。普通に解体されるんじゃなくて、生きたまま食べられるんだから、怖いに決まってるわ。食用とは言っても、知性はわたしたちと同じだものね」洋子は舌嘗《したな》めずりをした。

わたしも解体の様子を思い浮かべるだけで、唾《つば》が止めどもなく湧いてきた。

「おっ。活きがいいね」部長が食用人たちを指差して言った。

「どれにいたしましょうか？」板前が尋ねてきた。「ご指定の人を捌かせていただきますが」

「そうだな。あの寝っ転がっている男なんか脂が乗ってそうだが」部長が指差した。

「あんな死にかかっているようなやつじゃなくて、元気に暴れている方がおいしいんじゃないですか？」わたしは部長に提案してみた。

「そうかい？　でも、ああいうのは捌く時に大暴れして、身が傷付くんじゃないかい？」

「それなら、大丈夫ですよ」板前が言った。「うちの職人は腕がいいんで、暴れる人もうまいぐあいに押さえつけて、綺麗《きれい》に捌けます」

「そうかい。じゃあ、活きのいいのを一人……」

「あの子なんか美味《おい》しそうだわ」わたしは懸命に命乞いをしている女を指差した。

「あのこっちを睨んでいる男も旨《うま》そうだけどね。どうだろう？　二人、調理して貰《もら》うってのは？」部長は提案した。

「駄目です」洋子が言った。「そんなことしたら、予算オーバーですよ」

「そうか。そりゃそうだろうね。じゃあ、あの睨み男は諦《あきら》めることにして、女の子の方をいただくことにしよう」

「へい！　お待ちください」板前は職人たちに合図した。

三人の職人が檻に向かった。檻は二重扉になっていて、三人が外側の扉を通り抜けると、板前は鍵《かぎ》を掛けた。

なるほど。万が一、食用人たちが内側の扉を通り抜けたとしても、簡単には脱出できないわけだ。

職人の一人は先にロープの輪がついた長さ二メートル程の棒を持っていた。後の二人は同じぐらいの長さの金属棒を持っている。腰の電源装置に繋《つな》がっているところから、電気ショックを与える道具だと推定できた。

「よし。いくぞ」

職人の一人が内側の扉の鍵を外した。二人がさっと檻の中に飛び込む。残りの一人が再び内側の檻の鍵を掛けた。

　ロープ付き棒を持った職人が命乞いをする女に近付いた。

「助けて。お願い。死にたくないの。助けて。何でもする。だから、命だけは助けて頂《ちょう》戴《だい》」女は必死になって懇願している。

　その様子を見ているだけで、どんどん空腹になっていくような気がした。

　職人たちは無言で女に近付いた。

「うぉりゃあ！」殴り合いをしていた男たちが突然、職人たちに襲い掛かってきた。

　なるほど。喧嘩《けんか》をしているように見せ掛けて、職人たちの隙を狙ってたようだ。さすが人だけあって、動物なんかよりずっと狡猾《こうかつ》だ。

　だが、熟練の職人たちは、食用人より、上手だった。

　最初に飛びかかってきた男はロープ付きの棒を頭頂部に叩き付けられた。白目を剝《む》いて、その場に倒れ、ぴくぴくと痙攣《けいれん》を始めた。

　もう一人は腹を電撃棒で突かれた。胃液を吐き散らしながら、これもその場に倒れた。

「大丈夫かい？　相当強く殴ったようだけど」部長が心配そうに言った。

「へい。ひょっとすると、数時間後には死ぬような状態かもしれませんが、どうせそれまでには、調理いたしますので」板前が答えた。

「そう言や、そうだな」部長は笑った。

　ロープ付きの棒を持った職人はじりじりと女に近寄っていく。

電撃棒を持った二人は他の食用人が邪魔をしないように抜かりなく見張っている。

「いや！　いやあ!!　助けて、死にたくない！」女は泣きじゃくっていた。健康的な肉体は羨《うらや》ましくなるぐらい美しく、食欲をそそる。

職人は女の前で動きを止めた。

「助けて……」

次の瞬間、女の首にロープが掛けられた。一瞬の早業だった。まさに職人芸だ。

女は息が詰まったのか、声を出せずに、ロープを手で掴《つか》み、ばたばたと足を動かした。

「ほいよ！」職人は女を素早くずるずると引き摺《ず》った。ここで、てこずったりしたら、女が暴れ過ぎて、身を傷付けてしまう。できるだけ素早く女を檻から引き摺り出さなければならない。

三人の職人は女を引き摺りながら、さっと内側の扉をくぐり、鍵を掛けた。

それを確認して、板前は外側の扉の鍵を外し、開けた。

板前も加わり、四人で女の手足を持ち、板場に運び込む。

全長三メートル近くあるまな板の上に女をぽんと放り投げる。

「うっ！」女は呻《うめ》き声を上げたが、すぐに逃げ出そうとした。

だが、板前は素早くまな板に飛び上がり、女に馬乗りになった。そして、女の手足を押さえるように職人に指示する。

普通の刺身料理なら、ここで女の首に包丁を刺して、息の根を止めるのだが、それでは活《い》け造りにならない。板前は調理棚から注射器を取り出した。

「やめてえ!!　助けて!!　何でもする!!　殺さないで!!」女は注射器を目にすると、絶叫し全身をじたばた動かそうとした。もちろん、職人たちが強く押さえつけているので、微動だにしない。

　板前は、女の首すじに注射針を刺した。

　女は目を見開いた。突然静かになった。声帯に麻酔が回ったらしい。続いて、手足から力が抜けた。

　職人たちが女から離れた。

　ここまではまるで、流れるように滑らかな作業だった。

「この麻酔は経口摂取しても効果はないので、ご安心ください。また、脊髄《せきずい》に直接作用してますので、首から下は麻痺《まひ》していますが、首から上はしゃんとしています。目も耳も脳も覚醒《かくせい》してますので、活け造りの醍醐味《だいごみ》はちゃんと楽しんでいただけます」

「なるほど。よく考えてあるんですね」わたしは感心した。

「では、これから調理を始めさせていただきます」

　板前は女を前に合掌した。食材に対し、感謝の心を忘れない。立派な態度だ。わたしたちは日頃、糧になってくれる食材たちへの感謝を忘れがちだ。牛も豚も鳥も魚も人もたとえ食用ではあっても、皆掛け替えのない命をわたしたちに与えてくれるのだ。感謝の気持ちを忘れてはいけない。板前の行為はそんな気持ちを思い出させてくれた。わたしは襟を正した。

女は目から涙をぽろぽろ流し、口をぱくぱくと動かしていた。たぶん命乞いの言葉だろう。わたしは感動で胸が熱くなった。

板前はまず生理食塩水を女の全身に掛けて、汚れを洗い流した。そして、包丁を両の乳房の少し上辺りに刺し込み、ゆっくりと下へと切り進んだ。鳩尾《みぞおち》辺りで一度包丁を止めた。

傷口から血が溢《あふ》れ出す。手早く鉗子《かんし》で出血を抑えながら、大きく傷口を広げ、胸の皮膚を大型の画鋲《がびょう》ようなものでまな板に留めた。女は自分の胸の状態を見て、目を見張った。

次に板前は乳房の中身の脂肪を綺麗に切り落とすと女の胴体の両側に盛り付けた。

女は首を左右に振り、自分の左右の乳房の中身を交互に見ていた。

板前は乳房の下の筋肉を大きな血管を傷付けないよう、細心の注意を払って丁寧に切り落とした。

肋骨《ろっこつ》が露《あら》わになり、心肺の動きが見て取れるようになった。

今度は板前は心臓の動きを隠さないように、肋骨の上に胸筋をまるで花弁のように盛り付けた。

それから、再び包丁を鳩尾に入れ、いっきに恥骨の辺りまで切り開いた。胸と同じように、皮膚を広げ、脂肪と筋肉を取り出し、綺麗に盛り付ける。

その後は内臓を注意深く引き摺り出した。そして、喉《のど》のすぐ下と肛門《こうもん》のすぐ上で切断し、消化器を丸ごととりだした。

「消化器の中にはまだ中身が残っています。つまり、この食用人が食べた食事が半消化状態になったものや、完全に消化された状態になったもの、そして、水分が吸収された後のものです。部位ごとに、『胃の中』『小腸の中』『大腸の中』といっていますが、普通はかなり臭気が強く癖があるので、食用には出しません。しかし、通の中には、特に好まれる方もおられるので、ご希望があればお出しします。いかがいたしましょうか？」

「どうだろうね。癖があるといってるけど」部長は悩んでいるように言った。

「わたしは食べてみたいです」わたしは思い切って言ってみた。「『胃の中』と『大腸の中』を少しください」

「じゃ。それで」部長が言った。

「へい」

板前はガラスのジョッキを二つ取り出し、一つに『胃の中』を流し込み、もう一つには『大腸の中』を流し込んだ。

『胃の中』は薄黄色の液体の中に、まだ女が食べた食事の形がある程度残っていた。そして、『大腸の中』は食事の形は完全に失われ、色も茶色くなっていて、液体と言うよりはほぼ固体状に固まっていた。

板前は消化器をすべて縦に裂くと、生理食塩水の中で綺麗に中身を洗い流した後、細かく刻み、腹の中に戻した。

次は肝臓や膵臓《すいぞう》や腎臓《じんぞう》や膀胱《ぼうこう》といった臓器になる。今度は何も言わなくても、膀胱の中身をジョッキにとってくれた。これは一般に飲み物として好まれるのかもしれない。臓器はすべて一口サイズに刻んで元の場所に近い辺りに盛り付けられた。

「目鼻口はどうします？」板前が訊《き》いた。

「普通はどうなんだ？」部長が訊き返した。

「いろいろですね。こういう綺麗《きれい》な顔の食用人の場合、最後まで見ていたいからと残す人もいますし、少しずつ顔を切り取っては食べるのを楽しまれる方もいますね」

「じゃあ、とりあえずこのままにして、後で考えることにしよう。この状態でどのぐらい生きているものなんだ？」

「だいたい二、三時間ですね」

「だったら、一時間ぐらいたってから考えればいいかな」

板前は電動鋸《のこぎり》を取り出して、手足の切断に取りかかった。

「骨片が飛ぶので、ちょっと離れておいてください」

ばりばりと凄《すご》い音を立てて、骨が砕け、胴体から外れた。さすがに動脈が切れて激しく出血するので、鉗子で止血する。それから、器用に筋肉を剥《は》がしていく。

女は目を瞑《つむ》った。どうやら失神したらしい。

板前は心臓に直接カンフルを打った。

女はびくんと震え、目を覚まし、自分の身体を見下ろして、口を大きく開けた。しゅうしゅうと空気の漏れる音がした。声帯が麻痺しているので聞こえないが、絶叫しているつもりらしい。

「これでだいたい調理は終わりです。あとは食べながら、少しずつ残りの肉や皮膚を剝ぎ取っていただいて結構ですよ」

板前は職人たちに命じて、まな板ごと宴会場に運び入れた。

乾杯の後、同僚たちは醤油《しょうゆ》皿を片手に、女の身体のあちこちをつまんでは、舌鼓を打った。

女は何度か失神したが、その度にカンフルや昇圧剤を打って、意識を取り戻させた。

わたしは生きている人間の肉味に酔いしれた。そして、宴会の席を華やかに彩ってくれたこの食用人の女に感謝した。

「ありがとう。本当にありがとう」わたしはよく聞こえるように女の耳元で言った。

「あなたの肉とてもおいしいわ。内臓もこりこりと歯ごたえがあって、最高よ」

彼女の肉は本当に最高だった。新鮮な人肉がこれほど美味だとは知らなかった。また、彼女の美しさは単に外見だけではなく、その内臓や骨格や筋肉にも及んでいることにも気付いた。きっと、彼女は最高の愛情を持って育てられたのだろう。

わたしは何度も彼女の顔に自分の顔を近付け、彼女の肉がいかにうまいか、彼女の身体がいかに美しいかを説明し、讃《たた》え続けた。

彼女は照れなのか、まるで怯《おび》えたように、わたしから目を逸《そ》らし続けた。

わたしはそんな彼女が愛《いと》おしくてたまらなかった。彼女の顔を見ながら、つるつると彼女の乳房の中身を啜《すす》った。

すると、彼女の目に炎のような情熱が灯《とも》ったような気がした。わたしから目を逸らすことはなくなり、真っ直ぐにわたしの目を捉《とら》えている。

やっと心が通じ合ったんだわ。

わたしは彼女の頬を撫《な》ぜた。

彼女は燃えるような目でわたしを見詰めながら、ゆっくりと口を開けた。

かなりの出血の後だというのに、彼女の舌は血色がよく、綺麗に並んだ歯の白さを映えさせていた。

わたしは彼女の魅惑的な舌に触れたくなり、彼女の口の中に指を入れた。

ばちん。

気が付くと、板前がわたしの手首を摑《つか》んで、彼女の口から引き抜いていた。

彼女の歯は強く閉じられていた。

「お客さん、危ないですよ。首から上は神経が生きてますから。指ぐらい簡単に食い千切られちゃいますよ」

まあ、この板前さんは彼女を誤解しているのね。彼女は自分の最後の美しさをすべてわたしに見せようとしてくれているだけなのに。

「顔の肉はどうします？　調理しますか？」板前が尋ねた。

「えっ？」ずるずると小腸を啜りながら、部長が答えた。「どうかな？　そろそろ腹もいっぱいになったし、せっかくの美人なんだから、このままにしとくか……」

「調理していただくわ」わたしは言った。「この彼女の顔を食べてみたいの」

「えっ？　あっ。食べたい人がいるんなら、食べていいんじゃないかな？　幹事さん」

「そうですね。顔面の調理の方、お願いいたします」洋子は興奮するわたしを見て微笑んでいるようだった。

「さっきみたいなことがあると危ないんで、まず顎《あご》の筋肉を切断します」板前は目と耳の間のやや下側に包丁を入れた。

まず右側の筋肉が切れて、彼女の顔のバランスが大きく崩れた。

せっかくの美しさが台無しだわ。

だが、続いて、左側の筋肉が切られたことで、彼女の美しさは回復した。

がくんと顎が垂れ下がり、開きっぱなしになる。

彼女は目を白黒させた。涎《よだれ》が止めどもなく流れ出し、涙や鼻水と一緒になり、ずるずるになった。

板前は手拭《てぬぐ》いで彼女の顔を拭おうとしたが、わたしは無意識のうちにそれを止めた。

「このままでいいわ。これが味付けになる」

「おや。お客さん、かなりの通ですね」板前が驚いたように言った。「どこからいきましょう?」

「まず頰からいただくわ」

頰に包丁が入れられた。彼女は目を瞑った。

わたしは、そう言えば顔にはまだ痛覚が残っているんだなと思った。

わたしは彼女に頰の肉を見せようとしたが、固く瞼《まぶた》を閉じてしまい、望みを叶《かな》えられない状態だった。

「板前さん、瞼をとることはできますか？　眼球は傷付けずに」

「いいですよ」板前は気持ちよく、わたしの要望に応《こた》えてくれた。

彼女の睫毛《まつげ》を摘《つ》まんで、瞼を軽く持ち上げると、包丁の切っ先で、さっと切り落とした。

彼女の顔はまるで、ウインクしているかのようなチャーミングなものになった。

わたしは睫毛が付いたままの瞼を皮ごと口に放り込み、くちゃくちゃとチューインガムのように嚙《か》んだ。そして、頰の肉を頰張った。

「次は耳朶《みみたぶ》がいいわね」わたしは言った。

「でも、他の皆さんは食べなくていいんですかね？」板前が尋ねた。

同僚たちはすでにへべれけになって、もう活《い》け造りには興味がなくなっているようだった。わたしは殆《ほとん》ど酒を飲んでいなかった。『大腸の中』を齧《かじ》りながら、『胃の中』を酒の代わりに飲んでいたので、独特のえぐ味と臭みが素晴らしく、酒など飲む気にならなかったのだ。

　その時、酔っ払ってなかったのは、わたしと幹事の洋子だけだった。

「洋子も食べる？」

「わたしはいいわ。いつも食べているから。理保子、食べたいんでしょ。いっちゃいなよ」

「じゃあ、耳朶お願い。それと、鼻梁《びりょう》も」

「へい」

　耳朶も鼻梁も軟骨がこりこりとおいしかった。

　さすがに鼻を取ってしまうと、出血が大量過ぎるので、焼き鏝《ごて》で傷口を焼灼《しょうしゃく》して、出血を止める必要があった。焼いてしまうと純粋な刺身ではなくなるが、まあたたきのようなものだろうか。

　止めどなく流れる唾液《だえき》に濡《ぬ》れる彼女の舌を見ているうちに、包丁で切るのではなく、どうしてもそのまま食べたくなった。

　生きて活動する筋肉を味わいたい。

　わたしは刺身醤油《じょうゆ》を開きっぱなしになった彼女の口の中に流し込んだ。

　ごほごほと激しく咳《せ》き込んだ。肺の中に醤油が流れ込んだかもしれない。

　少し可哀そうなことをしたかもしれないと後悔したが、唾液と醤油に塗《まみ》れた舌を見ているうちにまた食欲が湧いてきたのだ。

わたしは彼女の顎に手を掛けると、上下に大きく広げ、舌をはっきりと露出させた。そして、舌嘗《したな》めずりをすると、直接彼女の舌に嚙み付いた。

口の中で、暖かい舌がじたばたと暴れた。

強く嚙むと、醬油と血の混じった鉄香ばしさが鼻をつく。

なかなか嚙みきれずに、わたしは数分間、彼女の上でじたばたともがいた。

そして、半分まで食い千切ったところで、彼女の反応が変わった。呼吸が短くなり、激しい呼吸を繰り返している。

「ああ。彼女、笑っているのね」洋子が言った。「とうとう。ふれちゃったみたい」

洋子が何のことを言ってるのかはわからないけど、笑っているんだから、きっと嬉《うれ》しいのね。ああ。よかった。わたしも嬉しいわ。名前も知らない女の子。

そして、鈍い音を立てて、わたしは彼女の舌をついに食い千切った。

血飛沫《ちしぶき》がわたしの服に飛び散ったが、特に気にならなかった。

板前が傷口をすぐ焼灼した。

デザートのアイスクリームが運ばれてきた。

わたしはスプーンで彼女の眼球を抉《えぐ》り取って、アイスクリームの上に載せて頰張った。

彼女の残った方の目はもうどこも見ていなかった。

わたしは彼女の髪の毛をなぜた。

「ありがとう。とても、おいしかったわ」

わたしは彼女を心の底から称賛した。すっかり彼女の信奉者になってしまったのだ。もはや宗教的な陶酔感と言っても過言ではなかった。彼女のお陰《かげ》で、わたしは生命の尊さと食事の有難さを知ることができた。世界の生きとし生けるもの全てが愛おしかった。これほど優しい気持ちになったのは生まれて初めてだった。わたしはもう一度彼女に向かって、合掌した。

そして、片目と片耳と鼻と舌を失ってなお、美しい彼女の顔に接吻《せっぷん》をした。

それからわたしはすっかり活け造りに嵌《はま》ってしまった。

いったん、生命の神秘と尊厳を知ってしまうと、その素晴らしい世界をさらに追求せずにはいられなかったのだ。

最初は週に一度職場の同僚を誘っていたのだが、それでは我慢できなくなり、週二回となり、三回となり、ついには毎日通うようになった。同僚たちも最初は付き合ってくれたが、さすがに毎日となると、だんだんついてこなくなり、最近では時折洋子が付き合ってくれるぐらいだった。

一人で活け造りを食べるのは、資金的に辛《つら》かったが、わたしはどうしてもやめることができなかった。老若男女、様々な食用人を試した。その結果、活け造りに向いているのは若い女性だという結論に達した。最初に食べたのが若い女性だったのは運がよかったようだ。もちろん、味もすばらしいのだが、調理中の姿が艶《あで》やかなのがいい。食欲を満たすだけではなく、神秘体験としか言いようのない荘厳《しょうごん》な世界が垣間《かいま》見られるのだ。

だが、そのような生活を続けるうちに、給料を全額注ぎ込んでも足りなくなり、貯金を切り崩し始めた。数か月もすると、貯金も底をついた。カードローンはすぐ限度いっぱいになり、アクセサリー類や服はすべて質に入れ、評判のよくない金貸しにも手を出した。

わたしの精神は聖なる体験を積み重ねることで、どんどん高みに上っていったが、世俗の生活はどんどん底へと落ちて行った。

もはや、合法的な金貸しは相手にしてくれなくなってしまった。だが、わたしは活け造りの魅力に抗《あらが》うことはできなかった。

そろそろ夜の怪しい仕事でも始めなければ、資金は続かないことに気付いたわたしは、それを実行しようと決心していたのだ。

あの体験を続けられるのなら、万が一身体が穢《けが》れることがあったとしても、心が穢れることは金輪際ありえない。精神は永遠に清浄なままだと信じることができた。

わたしは会社に行かなくなった。会社から貰《もら》う給料などたいして役に立たないからだ。働くなら、もっと効率のいい仕事をしなければならない。わたしは労働などをするために生まれてきたのではない。この世にしなければならない価値があることはたった一つしかない。他の行為は唯一意味のある行為を成立させるための必要悪でしかあり得ないのだ。

わたしは僅《わず》かに残った金を活け造りのみに費やした。そして、ついに資金が底をついた。もう何日も活け造りを食べていない。もはや限界だ。わたしは前から決めておいた夜の店に出る決心をした。

まさにその日、洋子から連絡があった。

そういえば、洋子とはすっかり疎遠になってしまっていた。

「今日、部屋に伺ってもいいかしら？」洋子は電話を通して遠慮がちに言った。

わたしはごみだらけの自分の部屋を見た。「ごめんなさい。今、忙しくて……」

「会社に来なくなったけど、新しい仕事は見付かったの？」

「ええ。まあ……」

「そうだとしても、急に来なくなるのはまずいわ。ちゃんと手続きをしなくっちゃ」

「手続き？」

「そう。手続きよ。保険とか、年金とか、全部ほったらかしはまずいわよ」

わたしは思わず笑ってしまった。

「どうしたの？　笑い事じゃないわよ」

「だって、そんなのどうでもいいことだもの」

「どうでもいいことのはずがないでしょ。これから生活する上で重要なことだわ」

「結局、お金のことでしょ。お金は人生の目的ではないわ。お金は、真に価値があることをするための手段でしかない」

「ひょっとして、あなた人生において大事なことが何か気付いたのね」

「ええ。わたしは、美しいことしかしたくないの。だけど、美しいことのために美しくない行いをしなくてはならないのなら、できるだけ短時間で効率的なことをしたいのよ」

「わかるわぁ」電話機を通して、洋子の熱い吐息が伝わってくるようだった。

「あなたは立派だわ、理保子。自分の理想のために、世俗のつまらないしがらみを断ち切ることができるのね」

「わかって貰って嬉しいわ」

「そういうことだったら、なおさらわたしはあなたの部屋に伺わないといけないわ」

「いや。それは……」

「わたしがあなたの部屋に行ってはいけない何か大事な理由があるの？」

「そういう訳ではないの。でも……」

「もし、その理由が活《い》け造りより大事なことだったら、わたしは諦《あきら》めるわ」

「活け造り……」

「そう。人の活け造りよ」

激しい眩暈《めまい》がした。

「活け造りがどうかしたの？」

「あなた、人の活け造りが食べたいんでしょ」

「食べたいわ!!」わたしは心の底から叫んだ。

「あなたに食べさせてあげたい」

「食べさせてくれるの？」

「ええ。若い女の活け造りを用意できるわ」

「どうして、わたしの好みがわかったの!?」わたしは嬉しい悲鳴を上げた。

「わたしはもう何回もあなたに付き合って、食用人の活け造りを食べに行ってるのよ。あなたの好みはわかってるのよ。本当に無我夢中で食べている姿は神々しいぐらいで、見ていて清々《すがすが》しかったわ」

「そんなに真剣に見てくれていたなんて、全然気付かなかった。……いいわ。いつ来られるかしら？」

「できるなら、今日これからお伺いしたいわ」

「今日……」わたしは躊躇《ためら》った。今日中に部屋の片づけができるとは思えなかった。

「今日でないと、活け造りの提供はもう無理だと思って」

「わかったわ」わたしは決心した。「今からすぐ来て頂戴《ちょうだい》」


チャイムが鳴った。

わたしは洋子を部屋に招き入れた。

洋子は少し足を引き摺《ず》って、顔を顰《しか》めながら入ってきたが、部屋を見るなり、声を出して笑った。

「どうして笑うの？」わたしは少し恥ずかしくなった。

った。

「あまりに想像通りだったから。これは頭蓋骨《ずがいこつ》ね」洋子は床に転がっている骨を手に取った。

「ええ。最後に貰ってきたの」

「これはもっと凄《すご》いわ」洋子はベッドの中に肌色の塊を見付けた。「全身の皮膚じゃないの。剝製《はくせい》にしたのね。……あら。骨格がないわ」

「それは抱き枕よ」わたしは恥ずかしながら言った。

「これは……干し首？」

「そうよ。頭蓋骨を取った後、うまく乾燥させれば、これだけ縮むのよ」

「独学で作ったの？」

「そうよ。頭蓋骨を抜いた後、いろいろな種類の薬草で煮ないといけないし、瞼《まぶた》や唇も丁寧に縫い合わせないといけないけど、記念品としてはとてもいいわ。小さいからいつでも持ち運べて、見る度に感動を新たにできるから。ここにあるのは十個ほどだけど、鞄《かばん》の中にはまだ二十個はあるわ」

「あなた目がきらきらしているわ。本当に好きなことを話している目だわ」

「わかる？」わたしは誉められているようなくすぐったい気持ちになった。

「もちろん、わかるわ」

「ひょっとして」わたしは前から思っていたことを素直に聞いた。「あなたも、食用人の活け造りのマニアなの？」

洋子は一瞬どきりとしたような顔をした。「どうしてそう思ったの？　わたしも活け造りの相当のマニアよ」

「凄い！　凄い！」すぐ近くに同好の士を見付けてわたしは有頂天の気分になった。

「今日はあなたにこれを持ってきたの」洋子は持ってきた手提げ袋からラップに包まれた皿を取り出した。

「人肉ね」わたしはひと目でわかった。「まだ新鮮ね。若い人のものだわ」

「切りたてよ。性別はわかる？」

「ちょっと待って」わたしはラップをはずして、嗅《か》いでみた。「この香りは、成熟した女性じゃないかしら？　若い男性の可能性もあるけど、どちらかだとしたら、女性だと思う」

「正解よ。どうぞ召し上がれ」

「どういうこと？」

「クイズに正解した賞品よ。人のお刺身」

「ありがとう。高かったでしょう」

「実は、特別なルートがあって、そんなに高くはないのよ。さあ、食べてみて」

わたしは箸《はし》と醤油《しょうゆ》皿を二つ用意した。醤油は人刺身用の特別製だ。人脂の臭みをさっぱりとしたフレーバーに変えてくれる優れものの逸品だ。

その切り身は華やかな若さと熟成した色気を共に含んでいて、思わず声が出そうになるぐらいの絶妙な味だった。

「洋子、あなたも食べてみたら？　それとも、もう食べちゃった？」

洋子は首を振った。「実はまだ食べてなかったの。いただいていいかしら？」

「どうぞどうぞ。元々洋子の持ってきたものだから、どんどん食べて」

洋子は箸で五、六切れを摑《つか》むと豪快に醬油にひたし、いっきに口に入れた。

そして、目を瞑《つむ》って、快感に酔いしれているようだった。「なんて、ジューシーなの!!」それはまさに心の叫びのようだった。「ホント、おいしいわ!!」

「ええ。物凄くおいしい」わたしはそう言いながら、一抹の寂しさを感じていた。

洋子はさらに十切れほどをいっきに食べた。皿の上にはもう四、五切れしか残っていない。

「あら。ごめんなさい。理保子に食べて貰《もら》うために持ってきたのに、自分でどんどん食べちゃったわ」

「あら。そんなこと気にしないで。あなたが人肉を食べているのを見ると、気が休まるの。洋子って本当においしそうに人肉を食べるのね」

「そうかしら。きっと、あれね。自分で調理したからだわ」

「えっ。洋子って調理師の資格持ってたの？」

「まさか。そんなの持ってないわよ」

「資格なしで調理しても大丈夫なの？」

「調理をするのに、別に調理師の資格は必要ないのよ」

「あれはプロにならないと必要ないってこと？」

「プロだって、別に調理師の資格は必要ないのよ」

「じゃあ、調理師の資格って具体的には、何ができるの？」

「そうね。自ら『調理師』と名乗ることができるわ」

「それから？」

「それだけね」

「それってどういう意味があるの？」

「だから、名乗る権利があるのよ。調理師の資格がないわたしには、調理師と名乗る権利がないってこと。名乗ったら違法になるわ」

「へえ。でも、この腕前だったら、プロでも通用すると思うわ」

「ありがとう。お世辞でも嬉《うれ》しいわ」

「全然お世辞じゃないわ。ただ……」わたしはまた寂しさを覚えた。

「ただ、どうしたの？」洋子が尋ねた。

「このお刺身はとっても美味《おい》しかったんだけど、なんだか勿体《もったい》ないと思ったのよ」

「勿体ない？　どうして？」

「だって、ただの刺身でこんなに美味しいんだったら、活《い》け造りなら、それこそ天にも昇る美味しさだったろうなぁと思ったの。これを活け造りで食べられなかったのが本当に勿体ない」

洋子は声を出して笑った。

「何？　急に笑い出して？」わたしは洋子の様子に少し驚いた。

洋子は笑いの発作に襲われたまま、たっぷり二分間は笑い転げた。

「本当にどうしたの？」洋子のあまりに常軌を逸した様子にわたしは少し不安になってしまった。

「ああ。おかしい」洋子はようやく少し喋《しゃべ》ることができる状態になってきたようだった。

「何がおかしいっていうの？」

「その前にわたしの方から訊《き》いていい？」

「ええ。何かしら？」

「活け造りっていったい何？」

「それは魚や人なんかを生きたまま、刺身に調理して食べることよ」

「だったら、これ活け造りよ」洋子は再び噴き出した。「生きたまま作った刺身なんだから」

「ああ。そういうことなのね。あなた、この刺身を作る時に、食用人を絞めずに、生きたまま作ったのね。まあ、広い意味では、それも活け造りと言ってもいいかもしれないけど、それは違うわ」

「何が違うの？」洋子はまだ身体をぴくぴくと震わせている。

「活け造りの醍醐味《だいごみ》は単なる新鮮さだけじゃないの。わたしが刺身を食べているその場に、その肉の持ち主である人がまだ生きていて、わたしがその肉を食べるのを認識していることが大事なの。それが生命の連鎖の荘厳《しょうごん》な意味を感じさせることになるのよ」

「だったら、まさしくこれは活け造りよ」洋子は目を見開いた。

「洋子、何を言ってるの？　その言い方、ちょっと怖いからやめて」

その時、わたしは気付いた。洋子の周囲の床が血塗《ちまみ》れになっていることに。

「洋子、怪我をしているの？」

「ああ。これね。自分で巻いたから、包帯がすぐに緩んじゃうのよ。巻くの手伝ってくれない？」洋子は立ち上がると、ズボンを下ろした。

彼女の左の太腿《ふともも》から大量に出血していた。

「洋子、何それ？」

「調理したのよ、理保子」洋子は血塗れの包帯を解《ほど》いた。

鋭利な刃物で、切り取った巨大な傷が露出した。

わたしは絶叫した。

「何を驚いているの？」

「だって、大怪我だわ」

「だから、調理したって言ってるじゃない」洋子はバッグから細みの刺身包丁を取り出すと、傷の近くの肉に刺し込んだ。「あううううっ!!」洋子は眉間《みけん》に皺《しわ》を寄せ、懸命に痛みに耐えている様子だった。「はい」洋子は自分の腿の肉を一切れ、切り取ると醬油皿の中に入れた。「召し上がれ。ちゃんと活け造りでしょ」

「冗談? これ、冗談よね。お願い。冗談だと言って」わたしは懇願した。

「いいえ。冗談なんかじゃないわ。あなたが食べないなら、わたしが食べる。だって、勿体ないから」洋子は醬油に塗れた自らの肉を手摑みで、自分の口に入れ、くちゃくちゃと音を立てて咀嚼《そしゃく》し、そしてごくりと嚥下《えんか》した。

わたしは再び絶叫した。

「何を騒いでいるの? 生きている人間の肉を食べるなんて、何にも珍しくないでしょ?」

「だって、あなた……食用人じゃない。普通の人でしょ」

「食用人だって、普通の人よ。まあ、わたしが食用人として登録されていないという意味では、イエスかもしれないけど」

「どうかしているわ。食用じゃない人を食べるなんて」

その時、洋子はじっとわたしの目を見詰めていることに気付いた。

「何?」

洋子はにっと笑った。

「あっ!!」わたしは気付いてしまった。

わたしの食べた肉！

「そうよ。あれはわたしの肉だったのよ」

わたしは凄《すさ》まじい吐き気を覚えた。次の瞬間、胃の中のものを全部その場にぶちまけてしまった。すべて吐いた後もまだ吐き気は止まらなかった。まるで、身体が胃そのものを吐こうとしているかのような激痛だった。

「それは身体の反応ではないわ。心の反応よ。食用人の肉も非食用人の肉も全く同じ。違いは何もないから安心して」洋子は言った。

洋子は奇妙な屁理屈《へりくつ》を言っていたが、そんなことは何の言い訳にもならない。

わたしは食用でない人の肉を食べてしまった。たとえ知らなかったとは言え、これはどの罪はないだろう。

確かに、さっき食べた洋子の肉はすべて吐いてしまった。だが、吐いたからと言って、罪が消える訳ではない。万引きの商品を返したとしても窃盗の罪が消えないのと同じだ。食用でない肉を食べないということは人として守らなければならない最後の掟《おきて》なのだ。

わたしはその人として一番大事なものを失ってしまったのだ。

もう生きてなどいられない。

わたしは人間が体験できない程の深い絶望を味わった。

たとえ死をもってでも、この罪を償うことはもはやできない。

しかし、償いではなく、逃避としての死なら……

わたしは洋子に飛び掛かった。

足を負傷している洋子はバランスを崩し、床に手をついた拍子に、刺身包丁を取り落とした。

わたしは素早く包丁を奪いとった。

「何をするつもりなの？」

「わたしはもはや許されることはありえない。だから、自分に最後の逃げ道を与えるのよ」

「待って、理保子！」

わたしは洋子の制止を無視した。そして、刺身包丁の刃を頸筋《くびすじ》に当てると、力を込めながら引いた。

ずるりという感触があり、包丁が肉の中を通り抜けたのがわかった。

だが、痛みはないし、出血もない。

失敗？

そう思った瞬間、痛みが襲ってきた。

手を触れると、尋常でないぐらいの出血があった。

世界が物凄《ものすご》い勢いで暗くなっていく。

出血で貧血になったのか、自分の血を見て気が遠くなっただけなのか、どちらかわからない。

別にわからなくてもいいけど。

死ぬのは不本意だったけれど、非食用人を食べたという罪を背負って生きていくぐらいなら、こうする方がましだ。

ああ。でも、洋子の肉は美味しかったな。

「馬鹿ね。何も死ぬことはないのに」洋子の声がぼんやりとどこか別の世界からの声のように聞こえた。「食用かどうかなんて、人が勝手に決めたことじゃない。そんなことに囚《とら》われるなんて馬鹿げている」

もう洋子の言葉が正しいかどうか考える力も残っていない。脳に血が回らないのだ。

最後の力が抜け、わたしの頭は床に打ちつけられる。

そして、偶然彼女の姿が目に入る。

「要は食べればいいのよ。食物には罪はない。食べれば罪にならないのよ」

彼女は箸《はし》と醬油《しょうゆ》皿を手に持って、わたしを見て舌嘗《したな》めずりをしながら、全裸で正座している。

吹雪の朝

天気予報によると、今日は午後から吹雪らしい。

この季節はしょっちゅう吹雪がある。もううんざりだ。


わたしは台風が嫌いだった。とにかくあいつらから逃げたかった。

子供の頃住んでいた街は台風の通り道だった。台風が近付くたびにクラスメートたちは休校になるのではないかと一喜一憂した。だが、わたしは違った。純粋に台風が怖かったのだ。いつも穏やかな青と白の表情を見せていた空は台風が近付くと、漆黒へと変《へん》貌《ぼう》する。幼いわたしにはその黒い雲は蝙蝠《こうもり》の翼を持つ悪魔の大軍勢に見えた。

わたしは悲鳴を上げて、家の中に逃げ込んだ。だが、家の中にも安全はなかった。

わたしの家は海沿いの崖《がけ》の上にあった。今から思えば、海からは相当離れていたはずなのだが、波の高い日に窓から外を見ると、すぐそこまで海が迫ってくるような感覚に囚《とら》われた。

荒れ狂う真っ黒な波の中から悪魔たちは暗雲の中へと潜り込み、また次々と天から海へと落下する。悪魔たちは奇怪な鯨や鮫《さめ》の姿となり、また蝙蝠や烏へと変貌した。彼らはらんらんと目を輝かせて海と空で獲物を探し回っていた。

そして、その中の一匹がわたしを見付ける。

悪魔は黒い流れ星となり、一直線にわたしに向かってやってくる。

わたしは恐ろしさに目を瞑《つむ》る。

ばしゃん。

窓ガラスが激しく揺れた。

わたしは悪魔が窓に激突したのだと確信した。

両親たちは、テーブルの下に潜り込んでがたがたと震えているわたしを叱った。

ただの風に何を怯《おび》えているのかと。

わたしは、窓の外の悪魔の軍勢のことを口走った。

すると、両親は顔色を変え、先程とは打って変わって激しく叱責《しっせき》を始める。

そんなことは冗談でも言ってはいけない、頭がおかしいと思われてしまうから、と。

しかし、悪魔がいるのは本当のことだ。わたしはなおも訴える。

平手がわたしの頬に飛んだ。

そんなことが何度も続くうちに、わたしはだんだんと悪魔のことを人に話さなくなった。

でも、悪魔がいなくなった訳ではない。

台風が来る時、やつらはいつも群れをなしてやってくる。

いや。台風と共に来るのではない。やつら自身が台風なのだ。突風となり、高波となり、稲妻となり、やつらは人々を喰《く》らい尽くしにやってくるのだ。

そして、いつかわたしも餌食《えじき》になってしまう。やつらに襲われたら、どうなるのかはわからない。そのまま食われて死んでしまうだけかもしれなかったが、やつらの仲間になって、台風の度に人々を食わなければならなくなる方がありそうに思えた。

わたしは恐怖を誰にも打ち明けられず、台風が来る度に、誰にもわからない場所——トイレや押し入れの奥や蓋《ふた》をした浴槽の中や秘密の入り口から入り込んだ天井裏——で、がたがたと震えながら身を縮めた。

悪魔たちはわたしを求めて、薄気味の悪い吠《ほ》え声と汚らしい涎《よだれ》を垂れ流しながら、家の周囲を飛び回り、そして這《は》い回った。

わたしは絶対に見付からないように息を殺した。

時に悪魔たちは家の中にまで入り込んだ。

彼らはなぜか両親には見向きもしなかった。大人は彼らの餌食ではないのか。それとも、すでに食われてしまっているのか。どちらなのか、わたしには判断が付かなかった。

息をすると、やつらに見付かってしまうので、わたしはできるだけ息をしないように頑張った。でも、息を止めていられるのは、一分にも満たない。これ以上、我慢できなくなると、わたしは大急ぎで息を吐き、そしてすぐに息を吸う。呼吸の瞬間だけ、わたしは悪魔に丸見えになる。だから、悪魔たちはいっせいに襲い掛かってくるが、呼吸を止めると、すぐにわたしを見失って、散り散りになってしまう。

台風が来ている間、わたしはずっとこれを繰り返すのだ。

そして、その間も悪魔たちの軍勢がわたしたちの家を取り巻き、がさがさと揺らし続けている。

わたしは台風が来ない場所に住みたかった。


「僕の実家には台風なんか来ないよ」会社の飲み会で初めて喋《しゃべ》った時、あの人は言った。

「えっ？」

「さっき言ったじゃないか。台風が嫌いだって」

「わたし、そんなこと言ったかしら？」

「確かに言ったよ。覚えてないのかい？」

「ごめんなさい。ちょっと気分が悪くて」

酒に酔っていた訳ではないが、酒席のあまりの騒がしさに頭が痛くなっていた。

「じゃあ、ちょっと外にでも出ようか？」

それが切っ掛けでわたしたちは付き合い始めた。

プロポーズと同時に実家のある田舎に帰る計画を打ち明けられた。

「父が亡くなったんだ。身体の弱った母一人をあんな田舎に放っておくわけにはいかない」

わたしは少しだけ迷ったけど、初めて出会った時の彼の言葉を思い出した。

「台風が来ない土地だと言ってたけど本当？」

「えっ？……ああ。台風ね。少なくとも、物心付いてからは一度も経験はないよ。生まれる前のことは気にしたことはないけど、たぶん殆《ほとん》ど来たことはないんじゃないかな？ただ、元台風の低気圧みたいなものはたまに通り過ぎるけどね」

「それって、もう弱った後よね？　高波なんかは来ないよね？」

「もちろん、風速十七メートル以下まで弱ってる。そうじゃないと台風のままだからね。それから、家は海から何十キロも相当離れているから絶対に波は来ない」

「わかったわ。プロポーズはお受けします。それから、一緒にあなたの故郷に行くわ」

わたしは即座に決心した。


夫の実家は所謂僻地《いわゆるへきち》と呼ばれる場所だった。もちろん、電気・ガス・水道・電話・ネットなどのライフラインは完備されてはいた。しかし、最寄りの駅まで車で一時間半は掛かる上、バスも通っていなかった。また、特別豪雪地帯であるため、冬場は年に何日か雪で身動きが取れなくなることがあった。

わたしは夫にパートでもいいから仕事を探して欲しいと頼んだ。

「探してもいいけどね」夫は諭すように言った。「ここは都会と違って、なかなか仕事はないんだ。特にこの集落は過疎化が進んでいて、空き家じゃないのはうちだけだしね」

「別にこの集落でなくてもいいわ。とにかく仕事を見付けて欲しいの」

数日後、夫は方々探し回ってやっとパートの仕事を見付けてきた。「よかった。隣の村の薬局で薬剤師が辞めて困っていたらしい。薬剤師の資格があるって言ったら、週に三日来てくれって」

「たったの三日？」

「三日じゃ不足かい？」

ここは都会じゃない。これを断ったら、もう次の仕事は見付からないだろう。

「いいえ、あなた。三日もあれば充分よ」

とりあえず、少しは張り合いのある日が送れるだろうと思った。


夫の実家に移り住んだ事で、二つの大きな誤算があった。

一つ目の誤算は姑《しゅうとめ》が意外に元気だったことだ。平気で雪道を何キロも一人で歩いて買い物をしてくる。覚悟してきた介護をしなくてもよかったのは幸運だったが、気の合わない年寄りとずっと顔を合わせていなくてはならないのには、心底気が滅入《めい》った。彼女はこの田舎から一度も出たこともなく、ここ以外の世界の存在もおぼろげにしか感じていない。息子がしばらく都会に出ていたことも隣村のさらに隣村に行ったぐらいにしか思っていないようだった。彼女にとってはこの雪深い田舎が世界の全てであり、自分のルールが絶対的な法律だった。彼女は都会育ちのわたしに田舎のやり方を強要した。

もちろん、わたしだって、無下に彼女のやり方を否定するつもりはない。彼女は生まれてからこの方、この場所で何十年も過ごして、そしてすっかり土地に根付いている。彼女のやり方の通り生きていれば、わたしもこれから何十年かは安泰だろう。だが、わたしは田舎の人間になりたくて、ここに来た訳ではないのだ。田舎に住んではいても、わたしは都会人であり続けたかった。今の世の中なら、それも可能なはずだと思った。だが、姑はそのような考えは認めなかった。

そして、ここに住み出してからは、都会人であり続けることは物理的に離しいということに気付いてしまった。それがさらにわたしを苛立《いらだ》たせたのだ。都会に住んでいた頃はネット通販で買ったものはその日のうちに届いていた。だが、この場所では何日も掛かるのだ。海の中でもないのに、まるで都会と地続きでないかのようだった。

二つ目の誤算はさらに深刻なものだった。ここに台風は来ないという夫の言葉は嘘ではなかった。つまり、北西太平洋や南シナ海で発生し、風速が十七メートル以上になった熱帯性低気圧はここまで到達することはなかった。

だが、夫はすべてを語ってはいなかったのだ。冬場、酷《ひど》い時には週に二度もこの地方は低気圧に襲われるのだ。それは熱帯で生まれたものではないため、「台風」とは決して呼ばれない。しかし、そのパワーたるや、台風とほぼ同じ――いや、場合によると並みの台風を遥《はる》かに凌《しの》ぐ場合さえあった。風速数十メートルに達するそれらの低気圧は台風ではなく、「冬の嵐」とか「爆弾低気圧」と呼ばれた。

台風ではないので、各種の台風情報では扱われないし、進路予想もない。実質的には台風と同等のものでありながら、多くの人々はその発生にすら気付かないのだ。あれだけ台風を畏《おそ》れていたわたしがその存在を知らなかったのだから、もはや隠蔽《いんぺい》工作といってもいいぐらいの無視ぶりだ。

　ところが、その知名度の低さに反して、その危険度は台風を超えるものだった。

　冬の嵐と台風との大きな違いの一つは風の温度にあった。風が吹くと、体表から熱を奪うため、実際の気温より低く感じられる。体感温度の算出式にはいくつかのバージョンがあるが、風速三十メートルの場合は、実際の気温より二十度以上低く感じるとされている場合が多い。そんな中に数分間放置されるだけで、死の危険がある。

　そして、冬の嵐の最大の脅威は雪にあった。秒速数十メートルで横殴りに叩《たた》き付ける雪は単なる風よりも相当に厄介なものだ。単に物理的なダメージだけではなく、視界が完全になくなってしまうので、身動きがとれなくなる。また、雪はすべてのものを覆い隠してしまうので、全く方向感覚がなくなってしまう。家からほんの数十メートル離れた場所で遭難し、凍死してしまう例は枚挙に暇《いとま》がない。

　こんなものなら、台風の方が遥かにましだった。

「どうして、教えてくれなかったの？」ある日、わたしは思い余って、夫に尋ねてみた。

「こんなに嵐が続くなんて」

「言ってなかったっけ？」夫は仕事の手を休めた。

「言ってないわ。あなたが言ったのは、『台風が来ない』というのだけよ」

「なんだ。ちゃんと言ってるじゃないか」夫はまたパソコンに向かって仕事を始めた。

「『台風が来ない』というのと『爆弾低気圧が来る』というのは全然別のことだわ」

「爆弾低気圧が来るのが特別なことだとは思わなかったんだよ」

わたしは溜《た》め息《いき》を吐《つ》いた。

そうよね。この人を責めるのは筋違いだわ。だって、この人は本当に悪気がないんだから。

わたしは夫を責めることはやめた。そんなことより、この地での生活を充実させる努力をした方が建設的だと気付いたのだ。

要は冬の嵐など恐れなくて済むように準備を怠らなければいいのだ。

幸いにも、元々夫の実家は毎年冬の嵐に見舞われることを想定して建てられているようで、外壁はしっかりと補強されているし、窓も二重になっている上にシャッターも取り付けられている。また、床下の倉庫には大量の食糧や薬品や水や燃料が備蓄され、自家発電装置まで設置されている。

もっとも、ケーブルが切れてしまうと、外部との通信は隔絶してしまうことになるが、生活物資には充分な備蓄があるので、吹雪が収まるまで生活に不自由することはまず考えられなかった。

その日、天気予報で午後から吹雪があると知ったわたしはまず地下室の備蓄を確認し、その後家の外回りの確認を始めた。飛び易いものが放置されていたりしたら、それが風で飛ばされて、家の外壁や窓が壊れてしまうことがあるのだ。

「こんにちは」背後から女性に呼び掛けられた。

家にいる時に家族――夫と姑――以外から声を掛けられることはまずなかった。だから、わたしは最大限の警戒をしながら、素早く振り返った。

そこにはわたしと同じような年恰好《としかっこう》の女性が立っていた。積雪の中を進んできたにしてはやけに軽装でサングラスをしていた。

「あら。登美子《とみこ》じゃないの」女性は言った。

嫌な予感がした。

まさか……。

「わたしよ。富士子《ふじこ》よ」女性はサングラスをとった。

わたしは軽い吐き気を覚えた。

「そう言えば、あなたたち、田舎に引っ越すって言ってたわね」富士子はわたしたちの家をじっくりと眺めた。「結構大きいじゃない。資産家なの？　でも、まあ僻地だからたいしたことないか。あっ。ごめんなさい。そんなつもりで言ったんじゃないのよ」

「わざわざ訪ねてきてくれたの？」わたしは漸《ようや》くの事で言った。

「えっ？　嫌だ。そうじゃないのよ。たまたまよ。みんなで、この近くの温泉に行こうって話になって、自動車でここまで来たのよ。そしたら、この近くでタイヤのチェーンが切れちゃって。どうしようもないから、近くに見えた集落に誰かいないかと思って、ここまで来たんだけど、どの家もみんな留守みたいで……」

「うち以外はみんな空き家よ」

「本当？　それじゃ、ここあれなんだ。ええと……」

「ええ。過疎の村よ」

「そうじゃなくて、もっとかっこいい言い方あったじゃない」

「かっこいい？」

「そう。なんとか、なんとかって」

「なんとか？」

「あっ。思い出した。限界……集落。限界集落って言うんでしょ、ここみたいの」

「どっちかって言うと、もう限界集落の段階は超えていると思うわ。超限界集落というか、廃村集落というか」

「なんか、それかっこいい。超限界集落とか」心なしか富士子は少しはしゃいでいるようだった。

偶然、ここに辿《たど》り着いたというのは、信じ難い。そもそもこの近くには温泉などない。一番近くの温泉宿は隣の村だが、ここからの直通道路はない。行くためには、いったん最寄り駅近くまでいってから、別の道路を進む必要がある。好意的に考えるなら、あそこで、道を間違えたと考えることもできるが、それにしても、たまたまうちの近くでチェーンが切れるなどということは確率的にも考え難《にく》い。

富士子はサングラスのつるの端を唇で嚙《か》みながら、家の周りをふらふらと見て回っていた。時折、鼻歌のようなものも聞こえる。わたしの惨めな姿を見て嘲笑《あざわら》っているかのように。

富士子は夫の元恋人だった。夫は明言こそしなかったが、それは察していた。当時、同じ職場でもあったことで、大っぴらにしていなかったのだろう。夫が彼女と別れたのがわたしと関係があるのかどうかもよくわからない。ただ、きっと彼女はわたしのせいだと思っているということは伝わってくる。

夫は彼女と付き合っていることはずっと秘密にしていたのに、わたしとの付き合いはすぐに公にした。それも気に入らないのだろう。学歴も容姿も自分がずっとわたしより優位に立っていると思っていたのに、夫は彼女を最初から結婚相手だと考えていなかったということだから。

「ねえ。ここから温泉まで歩いていける？」富士子は白々しく尋ねてきた。

「歩いていくのは無理だわ」

「じゃあ、バスはある？」

「ここら辺りにバスは通ってないの」

「えっ？　じゃあ、タクシーを呼ぼうかしら？」

「今からだとタクシーは無理だと思うわ。ここまで来るのに、たぶん一時間以上掛かるし、もうすぐ吹雪になるから」

「吹雪？」

「ええ。天気予報見てなかった？」

富士子は慌ててスマホを取り出し、操作した。「何、ここ？　電波来てないの？」

「あそこの峠の上だったら、電波は拾えるわよ」

「面白い冗談ね。この靴で登れる訳ないでしょ。ここまで来られたのが奇跡よ」富士子はハイヒールを指差した。

「じゃあ、わたしのいうことを信じて貰《もら》うしかないわ」わたしは言った。

「だったら、わたしたちどうしたらいいの？」

「どうしたらって……」わたしは困ってしまった。

「近くにある宿の場所を教えて貰えないかしら？」

「一番近くにある宿はあなたの行こうとしている温泉宿よ」

「まさか……。民宿とかはないの？」

わたしは首を振った。「ここは観光地でもビジネス街でもないから」

「でも、もうすぐ吹雪が来るんでしょ」

「おーい」声が遠くから聞こえてきた。

声の方を見ると、雪道を三人の人物が近付いて来ていた。

「一緒に来た仲間よ」

やはりわたしたちと同年代の二人の男性と一人の女性だった。

「山中《やまなか》君と若林《わかばやし》君、それから樹里《じゅり》ちゃんよ。あなた知り合いじゃなかったかしら？」

「いいえ。たぶん初対面よ」

「そうだったかしら？　でも、たぶん毅《たけし》は知ってると思うわ」富士子はわたしの夫の名をさりげなく呼び捨てにした。「みんな、この人、毅の奥さんで、登美子っていうのよ」

「あっ。初めまして」山中と呼ばれた男性が言った。筋肉質で背が高い。「ご主人には前の職場でお世話になりました」

「僕も同じ職場でお世話になりました」若林と呼ばれた男性も言った。小柄で痩《や》せていた。

樹里と呼ばれた女性は何も言わず、ただ会釈しただけだった。

「彼女、人見知りするの」富士子は言った。

その年で人見知りはないでしょ。

心の中ではそう思ったが、わたしは大人の対応をすることにした。

「みなさん、初めまして」わたしは微笑んだ。「主人も喜ぶと思いますわ」

「富士子、温泉の場所はわかったのか？」山中が尋ねた。

「それがここからは簡単に行けないらしいの」富士子は困った顔をした。

この人たちは富士子とぐるなのかしら？　それとも、彼女の計画に知らずに付き合わされただけ？

「簡単に行けないってどういうことだ？」若林が言った。

「おそらく皆さんは道を間違えたんだと思います」わたしは言った。「駅前で左の道に入られませんでしたか？」

「そう言えば、分かれ道があったような気がする」山中が言った。「どうせすぐ先で合流すると思ったんで、深く考えずにこっちの道を選んだんだ」

「あの道は二股《ふたまた》に分かれてそれぞれ山脈の別の側を通ってるんです」

「じゃあ、温泉は山脈の向こう側なんだね」若林は目を丸くした。「これは大変だ。実はチェーンが切れてしまって、自動車は雪道を進めないんだ」

「徒歩だと、だいたい半日で駅に着くと思いますから……」わたしは説明した。

「ちょっと待って。もうすぐ吹雪が来るんでしょ」富士子が言った。「わたしたちの服装を見てよ。これで吹雪の中を歩いたら、どうなると思う？」

後の三人も富士子に負けないぐらいの軽装だった。

「……ちょっと無理みたいね」わたしは言った。

「ちょっとどころじゃなくて、確実に遭難するわよ」富士子は言った。

「ちょっと待ってくれ。じゃあ、俺たちどうすればいいんだ？」山中が当惑気味に言った。

「エンジンが掛かるなら、自動車の中で、吹雪が過ぎるのを待つという手があります」

わたしは提案した。

「まさか冗談よね。吹雪だったら、物凄《ものすご》い勢いで雪が積もるんじゃない？　もし排気筒が雪に埋まったりしたら、一酸化炭素中毒になるじゃない。それに、中毒にならなくても、もしエンストしたら凍死してしまうわ。自動車からここまで五百メートルはあるから、吹雪になったらとても歩けないし」

つまり、この家に泊めろと言っているのだとわかった。ずうずうしい申し出だとは思ったが、まさか凍死しろという訳にもいかない。どっちにしても泊めざるを得ないのはわかっているが、せめて富士子の方から頼み込んで欲しかった。だが、プライドがあるのか、わたしの方から申し出る形にして欲しいようだった。

本当に富士子らしいわ。人に対して下手に出るのが大嫌いなんだわ。だから、わたしに毅をとらないで、と懇願することができなかったのよ。

「仕方がないわ……」わたしは口を開いた。

その時、家のドアが開き、夫が出てきた。

「あっ。毅！」富士子は嬉《うれ》しそうに夫に近付いた。

「えっ？」夫はしばらく目をぱちくりしていたが、すぐに富士子だと気付いたようだった。

「ああ。久しぶり。今日はどうしたんだ？」

「もちろん、あなたに会いにきたのよ」富士子は夫をハグした。

さすがにこれはないわ。

わたしは富士子に意見しようと思った。

「なあんてね」富士子は夫からぱっと身を離すとぺろっと舌を出した。「今のは冗談。ここに来たのは偶然よ。本当は隣村の温泉に行くつもりだったの」

人の夫に抱き付いておいて、冗談で済ますつもりらしい。だが、ここで怒ると、わたしが心の狭い人間のようになってしまう。じっと我慢だ。

「ずいぶん大胆に道を間違えたもんだね。カーナビとか付けてなかったのかい?」夫に特に動揺した様子はなかった。

「付けてるわよ」

「だったら、元の道に戻るように教えてくれなかったのかい?」

「教えてくれたけど、カーナビの故障だと思ったのよ。結構古いし」

「じゃあ、これから温泉の方に行くんだね」

「それがタイヤのチェーンが切れちゃって、動かせないのよ」

「それは困ったね。うちにチェーンのストックがあればよかったんだけど」

「それにもうすぐ吹雪が来るから歩いてもいけないわ」

「吹雪? 今日、吹雪くんだっけ?」夫はわたしに尋ねた。

「あと、一時間かそこらでね。明日の夜中まで続くらしいわ」わたしは答えた。

「そりゃ大変だ」

「でも、登美子が泊まっていいって言ってくれたから助かったわ。ご迷惑じゃないかな？」富士子は小悪魔のような微笑みを見せた。

「えっ？」

突然、身に覚えのない発言をしたことにされて、わたしは軽く混乱してしまった。しかし、今更富士子の言葉を否定するのも大人げない。

「ああ。それがいい」夫は言った。

「ありがとう」若林が言った。

「ああ。みんなも来ていたのか」夫の目は樹里に止まった。「あっ。君も」

やはり樹里は無言で会釈をするだけだった。

しばらく不自然な沈黙があった後、夫は唐突に喋《しゃべ》り出した。「どの部屋を使って貰おうか？」

二階の夫の書斎と夫婦の寝室の間に空き部屋は一つある。だが、できれば、そこは富士子に使って欲しくない。一階には姑《しゅうとめ》の部屋と居間があるが、空き部屋はない。ただし、サンルームを改装したコレクション置き場はあるが、この季節だと気温が低すぎて居室には向かない。一部屋ある地下室は掃除をすれば使えないことはなさそうだ。

「そうね。女性二人には地下室を使って貰ったらどうかしら、お風呂《ふろ》も近いし。男性二人は二階の空き部屋でいいんじゃない？」

「そうだな。それがよさそうだ。お客さんが泊まることをお袋に言ってくるよ」夫は家の中に入った。

「じゃあ、わたし部屋の準備をしてくるから、居間で待っていてくれる？」わたしは言った。

「それとも、この辺りの散策でもしてくる？」

「実のところ、今にも凍死しそうなのよ。家の中に入っても構わない？」富士子は言った。

仕方がない。

わたしは頷《うなず》くと、四人を家の中へと案内した。

「ちょっと地下室を見せて貰《もら》おうかしら？　登美子、ちょっといい？」家に入ると、富士子はわたしに地下室を案内させた。

「埃《ほこり》だらけでしょ。ごめんなさい。今から掃除するわ」わたしは言った。

「あら、掃除なら自分たちでするわ。それより、樹里を見た時の毅の顔見た？」富士子は嬉しそうに言った。

「どういうこと？」

「まあ確実って訳じゃないけどね。あの二人、昔何かあったんじゃないかと思うのよ」

あなたがそれを言う⁉

「何かって何？」

「ふふ。わかるでしょ」

その手には引っ掛からないわ。

「仮に何かあったとしても、過去のことでしょ」

「そうよね。過去のことだわ。でも、焼けぼっくいに火がつくってこともあることよね」それって、単純に樹里のことを言ってるのかしら？　それとも、暗に自分のことを言ってるのかしら？

「樹里って、掴《つか》み所がない子なのよ」富士子は言った。「全然喋らないのに、ちゃんと男の人の心は掴んでるというか」

「おい、ちょっと吹雪いてきたから、サンルームの方の戸締りも手伝ってくれないか？」夫の声がした。

わたしは富士子と共に、一階に上がった。

「サンルームがあるんだ」山中が言った。

「コレクションって言っても、コレクションルームになってるんだけどね」夫が言った。

「コレクションって何なんだ？」若林が尋ねた。

「う～ん。ちょっと言いにくいんだけど、毒のコレクションなんだ」

「毒？」富士子はちょっと引いたようだった。

「家内の趣味でね」

「あなた毒を集めてどうするつもりなの？」富士子が尋ねた。

「別に理由はないわ。趣味のコレクションなんだから」

「毒なんか、家に置いてて問題ないのか？」山中が尋ねた。

「いいんじゃない。薬剤師が管理しているんだから」富士子が言った。「ちょっと見てもいい？」

「どうぞ。そこのガラスケースの中に並べてあるわ」わたしは言った。

「綺麗《きれい》に整理されているわね。毒のサンプルの前に毒の名前と症状と致死量がきっちりと書き込んである」富士子は興味深そうだった。「全部で百種類ぐらいあるんだ。これって、誰かが勝手に使ったら、わかるの？」

「ええ。すべての毒物の重量は記録してあるから、減ったらすぐにわかるわ」

「でも、すぐ近くにこんなに毒があるって、なんだか怖いな」若林が言った。

「怖くなんかないんですよ」わたしは言った。「そもそも身の回りは毒だらけなんですから」

「毒なんてめったにないでしょ」

「そんなことはありません。毒はどこにでもあります。たとえば地球上で一番強い毒は何か知ってますか？」

「確か、ボツリヌス菌毒だったんじゃなかったですか？」

「そう。大人一人の致死量は一億分の二グラムぐらい。青酸カリの致死量が〇・四グラムぐらいだから、物凄く強い毒だけど、充分に希釈すれば、皺《しわ》とり注射として使うこともできるんです」

「それは特殊な用途ですよね」

「アルコールだって、カフェインだって、立派な毒物です。アルコールだったら六百グラムぐらい、ニコチンだったら〇・〇三グラムぐらいで致死量になります。塩だってそうです。塩の致死量は二百グラムぐらいです」

「塩をコップ一杯は無理でしょう」

「考えてみてください。だいたい海水六リットルで一人分の致死量の塩ってことになります。地球上の海水の量はだいたい十四垓《がい》リットル――十四兆リットルの一億倍――ぐらいだから、海水に含まれている塩分はざっと二垓人――二兆人の一億倍――分の致死量に相当する毒だということです。そう考えると怖くなってきませんか？」

「まあ、実際には河豚《ふぐ》も海に住んでいるから、毒の量はもっと多いけどね」富士子が混ぜ返した。

「河豚のことなんか考えなくても、水自体が立派な毒なんです。だいたい十リットルぐらいが成人の致死量と言われています」

「水を十リットルは塩二百グラムより辛《つら》いんじゃないですか？」若林が言った。

「多飲症という病気があって、その患者は目を離すと水を大量に飲んでしまうことがあるんです。水の飲み過ぎによる症状は水中毒と言われています」

「とは言っても、塩や水を致死量まで飲ませるのは簡単じゃないわ。殺人に使うなら、もっと致死量の少ない毒じゃないとね」富士子は言った。

「殺人に使うならね」わたしは言った。

いきなり風が強くなった。一瞬で窓の外が真っ白になる。

「ここだと窓が広いんで、迫力がありますね」山中が感心して言った。

「いや。喜んでいる場合じゃないよ。あまり風が強いと、窓ガラスが割れてしまうかもしれないからね。もっとも今まで割れたことはないけど」夫が言った。

「これじゃあ、もう今日は車に戻れないな」若林が言った。「中に財布が置きっ放しなのに」

「今、財布があってもどうせ役に立たないから、別にいいじゃないか」山中が言った。

「今日はここに泊まらせて貰うんだから」

「とりあえず夕食までの時間は各部屋の片づけに使おうか」夫が提案した。

男女に分かれて全員が部屋の片づけに向かった。

「樹里さんというのね」部屋に向かう途中、わたしは樹里に呼び掛けた。「どうぞよろしく」

樹里は俯《うつむ》いたまま、何も言わなかった。

変な子。

わたしがそう思った瞬間、樹里はぽつりと呟《つぶや》いた。「奥さん、毒殺は得意なんですか？」

「えっ。どういう意味？」わたしは聞き返した。

樹里は一瞬にやりと笑い、そしてもう何も言わなかった。

結局、夕食はわたし一人で作ることになってしまった。

普段の倍以上の量なので、夫が手伝おうと言ってくれたが、姑《しゅうとめ》一人に四人の客の相手をさせる訳にはいかないと言って、台所から追い出した。

食事中も吹雪はどんどん激しくなっていった。

食事が終わると、しばらくワインを飲みながら歓談していたが、そのうち一人、一人と部屋に戻っていった。

残っていたのはわたしと富士子と樹里、そして若林だった。

富士子は欠伸《あくび》を漏らした。

「眠いのなら、もう部屋に戻る？」わたしは言った。

「そうね。でも、もう少しだけここにいようかしら？」富士子は言った。

「どうして？」

「この二人を見張らないといけないからよ」富士子は若林と樹里を指差した。

「何を言ってるんだよ」若林が慌てて言った。

「あんたたち二人っきりで話したいんでしょ」

「富士子、酔っ払ってるんじゃないか？」

「ええ。酔ってるわよ。悪いかしら？」

「富士子、もう部屋に戻った方がいいんじゃない?」わたしは言った。

「もういいわよ。お邪魔なら、わたしはサンルームで吹雪見物をしてるから」富士子はふらふらとサンルームに向かった。

「大丈夫? サンルームは寒いわよ」

「酔い覚ましにちょうどいいわ」

わたしはどうしようかと一瞬迷ったが、いくら寒いとは言っても、家の中で凍死はするまいと思って、放っておくことにした。

わたしは夫の書斎にコーヒーを運んだ。そして、いつものように薬をコーヒーで飲むのは悪い癖だと注意して、寝室に向かった。


朝、起きた時、夫はまだ寝室に戻ってきていなかった。

まだ吹雪は続いている。

リビングに降りて、朝食の準備をしていると、山中、若林、富士子、樹里と姑がやってきた。

朝食――基本トーストとコーヒーとスクランブルエッグの簡単なもの――は出来上がったが、夫はまだ降りてこない。

「あなた、朝食できたわよ」わたしは二階に向かって呼び掛けたが、返事はなかった。

「あなた!!」わたしはもう一度呼び掛けた。

「昨日、遅くまで頑張って仕事をしたので、書斎で眠ってるんじゃないかね」姑が言った。「様子を見てきてくれないかい？」

「はい」

わたしはしぶしぶ階段を上った。

みんなと一緒に朝食を食べてくれないと、片付かなくて困るわ。そもそも、お客さんがいるのに寝坊するなんて、マナーとしてなってないわ。

わたしはむかっ腹を立てながら、夫の書斎のドアを開けた。

夫の身体はベッドの上で弓型に反っていた。

大変。後弓反張《こうきゅうはんちょう》だわ。

わたしは夫の傍に駆け寄った。

夫は笑っていた。いや。笑ったような顔になっていた。

「あなた大丈夫!?」わたしは夫に呼び掛けた。

返事はない。

「どうかしたの？」わたしの後に富士子が入ってきた。

「主人の様子がおかしいわ。後弓反張と痙笑《けいしょう》を起こしているわ」

「コウキュウ……何ですって？」

「とにかく痙攣《けいれん》を起こしているのよ」わたしは夫に近寄り、手首を触った。

ひんやりとした感触だった。そして、脈は見つけられなかった。

「あなた!!」わたしは叫んだ。

「どうしたの?」

「脈がないの」

「えっ!?」富士子も夫に駆け寄り、胸に耳を当てた。

「どう?」

「心音は聞こえないわ。すぐに救急車を呼んだ方がいいわ」

「富士子、落ち着いて、この吹雪の中、救急車の到着はいつになるのか見当も付かないわ」

「じゃあ、AEDよ。AEDはどこ?」

「一般家庭にAEDなんかないわよ」

「みんな来て!!」富士子は叫んだ。「毅が倒れているわ!! 脈がないの!!」

全員がどかどかと階段を上ってきた。

「うわ! 何だこれは?」夫を見た瞬間若林が叫んだ。

「コウキュウ何とかよ」富士子が答えた。

「心臓マッサージを行いたいので、身体を真っ直ぐにさせて貰《もら》えますか」わたしは客たちに言った。

「俺たちがやろう」山中が言った。「若林、俺が毅の肩を摑《つか》んでおくから、おまえは足を引っ張ってくれ」

二人は夫の身体を引っ張って真っ直ぐにした。

「心臓マッサージはわたしがするわ」樹里が飛び乗るように夫の身体に跨《また》がった。

彼女が二、三度、夫の胸を押すのを見てわたしは彼女では駄目だと判断した。

「山中さんに代わって貰って。あなたじゃ、体重が足りないわ」

山中は樹里と入れ替わり、心臓マッサージを始めた。

「じゃあ、わたしは人工呼吸をするわ」樹里は夫の口に顔を近付けた。

「駄目！」わたしは樹里を夫から引き剝《は》がした。

「今は生きるか死ぬかよ」富士子が言った。「嫉妬《しっと》なんかしてる場合じゃないわよ、登美子」

「嫉妬で言ってるんじゃないの。毅の様子を見て何かおかしいと思わない？」

「変なふうに身体を反らしてた。あなた、コウキュウなんとかって言ったわね」富士子が言った。

「後弓反張よ」

「破傷風になったら、身体を反らす痙攣が起きるんじゃなかったっけ？」若林が言った。

「でも、破傷風は人から人へ感染したりしないから、マウス・トゥ・マウスでも危なくはないだろ」

「この症状は破傷風に似ているけど、たぶん違います。破傷風は発病からいっきに病状が進行したりはしません。舌が縺《もつ》れたり、口が開けなくなったりする症状がまず出るはずです」

「じゃあ、何?」富士子は言った。

「毒よ」

「毒?」

「神経毒の可能性が高いわ。もし経口摂取だったとしたら、口腔《こうこう》内に残っている可能性が高い。マウス・トゥ・マウスは危険だわ」

「つまり、毅は毒を盛られたってこと?」

「その可能性が高いわ」

「でも、毒なんかどこに……」富士子はそこまで言って、はっと気づいたようだった。

「毒はいくらでもあったのね。それも丁寧に症状や致死量までわかるように書いてある」

「こんなことになるなら、毒のコレクションなんかするんじゃなかった」

「お話中、悪いけど」心臓マッサージをしながら山中が言った。「毒を飲まされたとしたら、もう助からないんじゃないか?」

「まだ毒だとは限らないし、毒でも助かる可能性はある」

「胃洗浄とか?」

「症状が出ているということはもう血液中に入ってしまっているから胃洗浄では間に合わないわ」

「解毒剤とかで中和できないの?」

「蛇毒用の血清などは別にして、殆《ほとん》どの毒には直接的に中和する解毒剤は存在しないわ。だいたいが対症療法ね」

「今回の場合はどんな対症療法が考えられるの？」

「筋肉の緊張が見られるから、筋弛《きんし》緩剤《かんざい》を使う事が考えられるわ。でも、まず蘇生《そせい》させなくては、何を打っても効き目はないわ」

「心臓が止まってどのぐらいかしら？」富士子が尋ねた。

「それはわからない」

「心臓が止まってすぐだったとしても、もう三分は経っているわね」

「何が言いたいの？」

「もう蘇生は無理じゃないの？」

「心肺停止の数時間後に蘇生した例があるわ」

「それって、雪山の遭難とかで低体温になってたとかじゃないの？」

「ここだって、雪山みたいなものだわ」

「だけど、この部屋はそんなに寒くない。摂氏十五度以上あるわ。低体温にはならないと思う」

「あなた、毅がもう死んでると言うの？」わたしはむきになって言った。

「わたしは医者じゃないから死亡宣告したりはできないけど、もう無理だと思うわ」

「わたしはまだ諦《あきら》めない」

「俺、いつまでやればいいんですか？」山中が尋ねた。「ちょっときつくなってきたんですけど」

「じゃあ、わたしがやるわ」

わたしは山中と交代した。

夫の身体はすっかり冷たくなっていた。もし心臓が止まる前にこの体温になっていたとしたら立派な低体温だ。その場合、蘇生の望みはあるかもしれない。しかし、この部屋には低体温になるような理由は一つも見当たらなかった。

それでも、わたしは心臓マッサージを止めなかった。

やがて、騒ぎに気付いた姑《しゅうとめ》が部屋にやってきた。

「何をしているの⁉」姑は心臓マッサージをするわたしの姿を見て恐慌状態になり、なぜかわたしを夫から引き剝がそうとした。

「お義母《かあ》さん、わたしは毅さんの手当てをしているんです。邪魔をしないでください」

「手当てってどういうことなの⁉」

「手当てというよりは心肺蘇生ね」富士子は姑の耳にそっと囁《ささや》いた。「でもね。もう十分も心臓が止まっているの。きっともう動かないわ」

「いやあああ‼」姑は絶叫した。

わたしはそれからも、一時間近く心臓マッサージを続けた。そして、突然全身から力が抜け、夫の上に倒れ込んでしまった。

気が付くと、自分のベッドの上に寝かされていた。

「警察にはまだ連絡していない。というか、しようと思ってもできなかった。どこにも繋《つな》がらないの。きっと電話線が切れているんだわ」ベッドの横に座っていた富士子が言った。

「じゃあ、救急車も呼んでいないの」

「そういうことよ」

「じゃあ、まだ死んだと確認された訳じゃないのね」

「杓子《しゃくし》定規に言えばね。でも、今更蘇《よみがえ》ったら、もはやゾンビよ」

わたしは起き上がろうとしたが、立ち眩《くら》みがしてまたベッドの上に倒れてしまった。

「毅の救命はもう優先事項じゃないのよ」

「勝手に決めないで」

「よく考えて。もっと優先すべきことがあるんじゃないの？」

「いったい何のこと？」

「毅は毒で死んだのよね」

「毒で心肺停止になったのよ」わたしは訂正した。

「どっちでもいいわ。とにかく毅は毒を飲んだ。そして、毒が自然に毅の口の中に入ることはありえない。つまり、誰かが毅に毒を飲ませたのよ」

わたしは一度目を瞑《つむ》り、深呼吸してからゆっくりとベッドから起き上がった。「つまり、誰かが毅を殺そうとしたのね」

「状況からみてそうでしょうね」

「毅が毒を盛られた時、この家には彼自身を含めて、七人の人間がいた」

「よく気が付いたわね。偉い。偉い」

「みんなを居間に集めなくっちゃ」


「犯人はこの中にいるわ」わたしは宣言した。

「それにはみんな気付いているよ」若林が言った。

「できれば犯人捜しはしたくない」わたしは言った。「犯人は今すぐ名乗り出て」

全員が互いに顔を見合わせている。

「意外だな」山中が言った。

「何が意外なんですか？」わたしは尋ねた。

「犯人が名乗り出ないことがです。わざわざこんな外部と隔離された状況で殺人を犯したということは、自分が特定されることを覚悟の上だと思ったんですが」

「衝動的に殺してしまって、すぐに後悔したのかも」富士子が言った。

「もう一度言います」わたしは言った。「犯人はこの中にいることは確実です。吹雪が終われば警察も来ます。隠しおおせるとは思えません。今すぐ名乗り出てください」

やはり誰も名乗り出ない。

「仕方ありません。犯人捜しをします」わたしは宣言した。

「別に今やらなくてもいいんじゃないですか？」山中が言った。「そういうことは警察に任せた方がいいんじゃないですか？」

「警察が来るまで毒殺犯を野放しにしておくんですか？　警察が来るのがいつになるのか見当もつかないのに」

「わたしも登美子に賛成よ」富士子が言った。「犯人が証拠隠滅を図るかもしれないしね」

「わたしも犯人捜しに賛成だよ」姑が言った。「そうでないと、あの子があんまり可哀そうだ」

「若林さんはどう？」わたしは尋ねた。

「僕はどっちでもいいですよ」

「犯人捜しをしてもＯＫってこと？」

「まあ、そうです」

「樹里はどうなの？」富士子は尋ねた。

「あの……よくわかりません」

「したくないってこと？」

「わたしの意見なんか気にしないでください」

「ということはやってもいいってことね？」

樹里はこくりと頷《うなず》いた。

「ということは」富士子は言った。「犯人捜しに反対なのは山中君一人って訳だ」

「ちょっと待ってくれよ。そんな言い方をしたら、俺が犯人みたいになるじゃないか」

全員が山中を見た。

「そうなんですか？」わたしは山中を見詰めた。

「違う。違う。俺も犯人捜しに賛成だ。こんなことで疑われちゃあたまらない」

「犯人だと思われるからしぶしぶ賛成ってこと？」

「だから、違うって、そんな言葉の綾《あや》だけで、犯人決めるのはいくらなんでもあり得ないって」

「わかりました。疑わしきは罰せずということにします」わたしは言った。

「俺、疑われてるのかよ。やれやれだ」

「では、一人一人順番に話を聞いていきます。皆さんに不公平だと思われないように身内から始めます。お義母さん、それでいいですね」

「えっ？　わたしも容疑者なの？」

「全員に話を聞いていきます。やましいところがないのなら、正直に話せばいいだけです」

「納得できないけど、それで気が済むのならどうぞ」

「お義母さんに毅さんを殺害する動機はありますか？」

「そんなものある訳がないわ。あなた、何か心当たりがあるって言うの？」

「いいえ。お義母さんが殺したいと思うのは、むしろわたしの方でしょう」

「何を言ってるの？」

「わたしを殺そうとして間違えて毅さんを殺してしまったという可能性を考えているのです。でも、現状から言って、その可能性はなさそうです」

「当たり前よ」

「お義母さんは夕食までここにいました。その後はどこにいましたか？」

「自分の部屋に戻ったわ。この居間からドアが見えるでしょ。こっそり出ることなんかできないわ」

「窓から出たという可能性はないのか？」山中が言った。

姑は山中を睨《にら》み付けた。

「それはありません」わたしは言った。「仮に自分の部屋の窓から出たとしても、他の窓は内側から鍵《かぎ》を掛けていたし、玄関ドアは外からは開けられない最新式のU字ロックを掛けていたので、家の中に戻ることはできません。それに、この吹雪の中、窓を開けたとしたら、部屋の中に大量の雪が入り込みます。床の雪は拭《ふ》けるとしても、ベッドはびしょ濡《ぬ》れになるはずです。お義母さんの部屋のベッドにはそのような痕跡《こんせき》はありません」

「窓から出ていないとすると、お母さんは居間に人がいる間のアリバイは成立すること になるわね」富士子は言った。

「最後に居間を出たのは誰ですか？　昨夜十一時頃、わたしが二階に上がる時、まだここにいたのは、若林さん、樹里さん、富士子さんの三人だったと思いますが」

「僕と樹里はだいたい午前零時頃までここにいたと思う」若林が答えた。

「じゃあ、その後、居間は無人だったたってことですね」

「それはどうかな」若林が言った。「サンルームにはまだ富士子が残ってたから」

「それは本当なの、富士子？　重要なことだから間違えないように答えてよ」

「そうね。サンルームから居間の全体は見渡せないし、外を見ていたら部屋の中の大部分は死角になるけど、さすがにドアの開け閉めは気付いたと思うから、わたしがここにいる間のお母さんのアリバイは成立ね」

「問題はそこじゃないのよ、富士子」わたしは言った。

「あなたは自分をお義母《かあ》さんのアリバイの証人だとしか考えていないふりをしているけど、気付いているはずよ。自分のアリバイは誰も証明してくれていないと」

「わたしがお母さんのアリバイの証人になれるのなら、逆もあり得るでしょ。わたしが不審な行動をしたら、居間と同じ一階にいるお母さんが気付いたはずよ」

「二人の関係は対等じゃないわ」わたしは言った。「お義母さんの部屋の出入り口はあなたから見えるけど、部屋の中にいるお義母さんにはあなたの動きは見えない。あなたが気配を殺して動けば、気付かれずに二階に行って、毅に危害を加えることもできたはずだわ」

「わたしは一時まで、サンルームで吹雪を見物した後、地下の部屋に戻ったわ。樹里、わたしが部屋に戻ったのは覚えているでしょ」

「ええ。確かに、富士子は一時頃、部屋に戻ってきた。だけど……」樹里は答えた。

「だけど、何ですか？」わたしは尋ねた。

「その前のことはわかりません。直接サンルームから地下に降りたのか、いったん二階に上がったのか」

「あなた、何言ってるの？」富士子は焦ってるようだった。「二階への階段は結構音がするのよ。二階には四人の人間がいたはずだから、誰か一人は気付くんじゃない？」

「予《あらかじ》め、誰かが毅を殺しにいくとわかってたら注意もしていただろうけど、そうじゃなかったら階段を上る物音なんか気にもしないし、気付いていたとしてもすぐに忘れてしまうだろう」若林が言った。

「わたしだって、部屋に戻ってすぐに寝たから、居間の様子なんかわからないよ」姑《しゅうとめ》も言った。

「ちょっと待って」富士子は言った。「そういうことなら、樹里だって怪しいわ」

「わたしが地下室にいたのは富士子自身が証明できるでしょ」

「そうじゃなくて、わたしがサンルームにいた時よ。わたしは外を見てたから、気配を消してわたしの背後を通って、階段を上ることもできたんじゃない？」

「でも、わたしはさすがにサンルームに入ることはできなかったわ。なぜなら、そんなことをしたら絶対にあなたが気付くはずだから」樹里は反論した。

「なるほど。あなたは犯人が登美子のコレクションから毒を盗み出して犯行に使ったと主張する訳ね。つまり、最初から計画していた訳ではなく、この家に来てから衝動的に行ったと」

「もしそうだとすると、犯行が行われたのは、あなたがサンルームを出た午前一時以降ということになるわね」わたしは言った。

「衝動的かどうかは判断できないな。犯人はこの家に毒コレクションがあることを知っていたのかもしれないし」山中が言った。

「まず、犯人が毒コレクションの毒を使ったのかどうか検証してみない？」富士子が提案した。

　全員が賛同し、サンルームに移動した。

「どの毒が怪しいと思いますか？」若林が尋ねた。

「強直性痙攣《けいれん》や痙笑の症状から見て、ストリキニーネが一番怪しいと思います」

「これね」富士子は指差した。「内容量が減ってるかどうかは確認できる？」

「ここのメモに容器込の重量が書いてあるので、現時点の重量を測定して比較すればわかるわ」わたしは答えた。

「日付は三か月前のものね」

「ええ。三か月毎に測定し直して、変化がないか確認しているのよ」

「前回の重量は一〇・五七グラムだったことになってるわね。今の重量を測定してくれる？」

　わたしはケースの鍵を開けて、ストリキニーネの容器を取り出し、電子天秤《てんびん》に載せて重量を測定した。

「一〇・四三グラム」わたしは測定値を読み上げた。「つまり、〇・一四グラム減ってるわ」

「致死量っていくらだった？」

「ここに書いてあるのはラットを使って調べた体重一キロ当たりの致死量だから、毅の体重の七十キロを掛ければ、致死量はわかるわ」

　富士子はスマートフォンの電卓アプリで計算を始めた。「百六十四ミリグラム。つまり、〇・一六四グラムね」

「減っていることは減ってるけど、致死量には少し足りないわね」わたしは言った。

「これでは殺すことはできない」

「分量の謎の解明は後でいいだろう」山中が言った。「俺は食事の後、すぐに隣の部屋に行った。そして、若林が来るまでずっと部屋にいた。だから、サンルームに行く機会はなかった。つまり、俺には完璧《かんぺき》なアリバイがある。つまり、アリバイがないのは……」

全員が富士子を見た。

「夕食前にサンルームに入る機会は誰にでもあったんじゃないかしら？」富士子は言った。

「それは無茶な言い掛かりだろ」若林が言った。「その条件を満たすには、夕食前に単独で誰にも気付かれずに、サンルームに入る必要がある。他人の家でそんな大胆な真似ができるか？」

「わたしを犯人にでっち上げるつもり？」

「夕食前に誰もサンルームに入らなかったと仮定した場合、あなた以外にもう一人アリバイのない人物がいるわ」わたしは言った。「お義母さん、あなたです」

「わたしが？　だって、わたしはずっと自分の部屋にいたのよ」姑は驚いたようだった。

「富士子がサンルームから出て、地下室に戻った後に自分の部屋を出て、サンルームから毒を持ち出して、毅の部屋に行くことは可能ですよね」

「どうして、わたしがあの子を殺さなくてはならないの？」

「そうだわ。動機の点で考えてみるのはどうかしら？」珍しく樹里が提案した。

「お義母さんには動機はないように見えますね。でも、家族だから、時には喧嘩《けんか》もしてましたよね。かっとなって犯行に及ぶということもなくはありません」

「酷《ひど》い言い掛かりね」

「そして、富士子、あなたは昔、毅と付き合っていたわね？」

「いいえ。そんなことはなかったわ」富士子は胸を張って答えた。「付き合っていたのは樹里よ」

「それは誤解です」樹里は断言した。

「俺は初耳だよ」若林が言った。

「だから、誤解なのよ」

「なんだ。『女房焼く程、亭主もてもせず』ですか」山中が言った。

「『死人に口なし』ということで、なかったことにしたいのかもしれません。若林さんが知らなかったというのも証拠はありませんし」わたしは言った。

「あなたはどこまでも人を疑うんですね」

「疑うだけの理由はあるのです。現にこの中に毒殺魔がいる訳ですし」わたしは言った。

「結局全員に話を聞いても、みんなの関係がぎすぎすするだけでしたね」山中が言った。

「いいえ。充分な成果はあったわ。犯人の目星はついたもの」

「えっ？」

　居間は静まり返っていた。

「確かな証拠はあるの？」

「ええ。わたしは昨日からすでに違和感を感じていたのよ。身の回りの毒について話していた時にね」

「でも、それは犯行が行われる前だわ」

「その時に犯人はすでにミスを犯していたのよ。いいえ。ずっとミスを犯し続けていたと言った方がいいかもしれない。そして、犯人はずっと自分のミスに気付かなかった。とても大きなミスに」

「もったいぶらずに早く言って。あなたは誰が犯人だと思うの」

「犯人はね……あなたなのよ、登美子」富士子はわたしを指差した。


「わたしは犯人じゃない。……ちゃんと計量したもの」わたしは富士子に反論した。

「そう。あなた自身、自分が犯人だと気付いていなかった」

「なんのことを言ってるのか、全然わからないわ」

「わざわざこんな閉鎖されている環境で殺人を犯したのだから、犯人は捕まる覚悟があったんじゃないか。山中君はそう言ってたわね」

「ああ。そうじゃないとあまりに不自然だ」山中は言った。

「ところが、犯人に殺意がなかったとしたらどうかしら？　被害者が死んでしまったのは犯人にとって想定外だったとしたら？」

「でも、毒を飲ませたんだよな」若林が言った。

「そう。そこが重要な点だった」富士子は話を続けた。「登美子、あなたはコレクションをする程、毒に興味があったのよね」

「ええ。それは認めるわ」

「でも、あなたの毒に関する知識は浅いものだった。薬剤師であるあなたの夫には遠く及ばなかったのよ」

「確かに、薬剤師の方が知識は豊富かもしれないけど、わたしだっていろいろ勉強したわ」

「あなたの毒物に関する知識は通俗的なものでしかなかった。せいぜいテレビドラマか小説か漫画から得た知識じゃないの？」

「それの何がいけないって言うの？　今時、ドラマだって、出鱈目《でたらめ》を流したりはしないわ」

「もちろん、意図的に嘘を流す場合は少ないかもしれない。でも、ドラマは教育番組じゃない。娯楽性を犠牲にしてまでも厳密性を重視することはないの」

「だから何が言いたいの？」

「あなた、夫に不満を持ってたんでしょ。せっかく薬剤師の資格を持っていたのに、こんな田舎に引き籠《こも》ったりして」

「それは当然でしょ。せっかく病院で働いていたというのに、それを辞めてこんな田舎で週に三日のバイトしかしていなかったのよ」

「そのバイトだって、あなたが無理やりさせていたのよね？」

「だって、働き盛りの男がずっと家にいるなんて世間体が悪いわ」

「毅は世間体を気にしなくてもいいように、この土地に戻ってきたのよ。蓄えは充分あったので、この土地で暮らしていくぶんには不自由しなかった。それなのに、あなたの頼みを聞いて、バイトまでしてたのよ」

「あなたに何がわかるの？　わざとわたしの前で毅といちゃついていたりして」

「あれは純粋に友情の表現だった。でも、あなたはそう受け取らなかった。そして、わたしもしてはいけないことをした。あなたの苛立《いらだ》ちが滑稽《こっけい》だったので、樹里のことを告げ口した」

「だから、事実無根よ」樹里が口を挟んだ。

「それが最後の一押しになった訳ね。あなたは彼にお仕置きをしようとした」

「軽いお仕置きよ」

「ストリキニーネは体内で二十四時間で分解される。そんな知識があったんじゃないかしら？」

「ええ。もちろんよ。だから、彼には後遺症は残らない」

「どういう根拠があってそう思ったのかは知らないわ。でも、あなたはもっと酷い勘違いをしていた。あなたは致死量の理解に関して根本的な思い違いをしていたのよ」

「致死量って人間を殺せる量のことよ。それ以上でも以下でもない」

「そう。あなたはボツリヌス菌毒素や青酸カリや水や塩の話をしているとき、ずっと『致死量』という言葉を使っていた。おそらく、あなたはその量を摂取すれば必ず死に、その量以下なら死なないという閾値《いきち》的なものだと思っていたのね。だけど、厳密に言えば『致死量』という決まった量は存在しないのよ」

「何を馬鹿なことを言ってるの？　致死量は存在するわ。毒物ごとに決まっているのよ」

「致死量にもいろいろあるのよ。毒によっては最小致死量が示されている場合があるけど、一般的には半数致死量ね。半数致死量の意味は理解している？」

「さあ。致死量の半分ってこと？」

「世間で毒物の致死量と言われているものはたいてい半数致死量なの。暗黙の了解があるから、いちいち『半数』と断ったりしないけどね。半数致死量というのは、その量の毒を摂取した動物の半数が死ぬ量よ。つまり、その量を投与しても半数は死なないということになる」

「じゃあ、致死量を投与しても死なないこともあるの？　じゃあ、『致死』じゃないじゃないの」

「逆に言うと、半数致死量以下の量でも半数の動物は死ぬのよ。もちろん人間も」

「えっ？」

「そして、助かったとしても、全く健康体に戻れるという保証もない」

「だって致死量なんだから、それ以下なら死に至らないはずじゃないの」

「例えば、こう考えればわかり易いかもしれないわ。放射線は大量に浴びれば人間を殺すので、毒の一種と考えられるわ。放射線の半数致死量はだいたい四シーベルトだと言われているわ。じゃあ、その半分の二シーベルトを浴びて全く平気だと思う？　とんでもない。がんのリスクは確実に上昇するわ。三・九シーベルトまでは誰も死ななくて、四シーベルトで全員死ぬなんてことはあり得ないことはわかるわよね」

　わたしは富士子の言葉を理解するのに時間が掛かった。

　わたしは薬剤師ではない。それどころか薬学の専門的な教育を受けたこともない。ただ、ドラマや漫画からの知識と夫からの受け売りで、なんとなく毒に詳しいと思っていたのだ。むろん、専門用語の正確な定義も知らなかった。

「わたしはあなたの致死量についての知識に疑問を持った。だから、ストリキニーネの減少分について、あなたに尋ねてみたの。ストリキニーネは半数致死量の八割に相当する量が減っていたのに、あなたはそれが問題だということに気付かなかった。あなたは致死量について理解していないのではないかというわたしの疑念はその時点で確定的になったのよ」

「わたしはちょっと懲らしめてやりたかっただけだった。致死量の八割ぐらいの毒を飲ませれば、少しの間だけ苦しんで、それでわたしを蔑《ないがし》ろにしたことを後悔させられると思ったのよ」

　吹雪の風がサンルームの中にも入ってきているようだった。わたしの身体はどんどん冷えていく。

「毒コレクションのケースには、鍵《かぎ》が掛かっていた。鍵の管理は薬剤師である毅がしていたのね。あなたはその鍵のありかを知っていた。夫婦なら不自然ではないわ」

「わたしは毅の持病の薬のカプセルの中身を入れ替えた。夜飲ませれば、朝にはある程度回復していると思っていた。わたしを怒らせたら、どうなるかを思い知らせるはずだった。なのに、毅は心肺停止になっていた。わたしが飲ませた毒で死ぬはずがないと思った。だから、わたし以外に毅を殺そうとしている人がいると思ったの」

温度はさらに冷えていく。外から紛れ込んだ雪か、それとも室内の水蒸気が凍ったのか、わたしの周りに小さな白い結晶が舞っている。

「人殺し!!」姑《しゅうとめ》がわたしを罵《ののし》った。

お義母《かあ》さん、何を言ってるの？　わたしは夫を殺そうなんて思わなかった。だから人殺しじゃない。それに死亡は確認されていないわ。あなたの息子はただの心肺停止よ。

そうだ。あの人にコーヒーを持っていかなくっちゃ。一口飲めばきっと目が覚めるわ。

「吹雪が終わるまで、あなたはここにじっとしていて」富士子が言った。

何のことなのかわからないわ。

富士子はまた何か言った。でも、耳元を吹き抜ける風雪が強過ぎて、もう何を言っているのか聞き取れなかった。

そして、周りのみんなの顔も雪に紛れて誰が誰だかわからなくなった。

ああ。みんなもう来ていたのね。

その時になって漸《ようや》くわたしの周りに飛び交っているのが白い悪魔たちだと気付いたのだった。

サロゲート・マザー

わたしは自分とは遺伝的に繋《つな》がりのない子供を産む決心をした。

理由は一つ、人助けのため……と言えば嘘になる。

白状しよう。最も大きな動機はお金だ。そして、わたしたち夫婦を非道徳的だと言って、非難する人々はこの動機を最大限にやり玉に挙げる。

所詮金儲《しょせんかねもう》けのためじゃないか、と。

だが、わたしは二つの点で反論したい。

まずは、動機は純粋に金のみではなかったということだ。「人助けのためだけ」というのは嘘になるが、「人助けのためでもある」というのは本当のことだ。わたしたち夫婦の決心で救われる人々がいるというのは大いなる励みなのだ。今回の特殊な妊娠と出産には肉体と精神の両方に跨《また》がり多大なる苦痛と危険が伴う。わたしたちが手にする金額は決して安くはないが、それらの負担に充分に見合うものだとは言い難い。わたしたちの行動は相当にボランティア的なのだ。

もう一つ。なぜ、金を受け取ることが非道徳的なのかということだ。社会に生きる多くの人々は職業を持っている。そして、それらの多くは尊い結果を残す。彼らが対価を得ることは非道徳的なことだろうか？　芸術家が芸術作品の対価を受け取ったら、それは非道徳的な行動だろうか？　医者が診察料を受け取ったら、それは非道徳的な行動だろうか？　警官が給料を貰《もら》ったら、それは非道徳的な行動だろうか？　わたしたちが代理出産を行った見返りにいくらかの金額を受け取ったからといって、そのことにより代理出産そのものが非道徳的な行いになることはない。

「我々はそんなことを言っているのではない」だが、ある人が言う。「金を受け取ったことは非道的行動の一部を構成するに過ぎない。我々が問題とするのは代理出産という行為そのものなのだ」

「なぜ、それが問題なのか、理解できないわ。わたしの子宮はわたしのものだから、それをどのように使おうと完全にわたしの自由のはずだわ」

「あなたの子宮はあなただけのものではない。それは神から与えられたものだ」

「もう結構。わたしは信仰を否定することはない。だけど、あなたは創造主の何を知っているというの？　わたしは神から代理母になれとも、代理母になるなとも言われていない。彼、ないし彼女、ないしそれはわたしに何も語ってはこなかった。そして、もちろんあなたにも語ったことなどない。どうして、あなたは神の意思を代弁できると思い上がっているの？」

「あなたは自分の子供を産むように造られている。それは神の意思そのものだ」

「あなたの耳は眼鏡のつるをかけるために造られているの？　あなたの指はキーボードを打つために造られているの？　あなたの足はアクセルを踏むために造られているの？

人間が自分の身体を自分の使いたいように使えないというのなら、文明は存在できないことになってしまうわ」

「あなたのやろうとしていることは家族の崩壊を招くことになる」

「わたしが子供を産むことが世の中の家族の何を崩壊させるというの？」

「あなたがやろうとしていることは家族関係を複雑なものにすることになる」

「家族とはシンプルなものよ。それはわたしたち夫婦の行動になんら関係ない」

「子供は母親から生まれ、そしてその遺伝子を引き継ぐ。だから、子は明確に母親の子供なのだ」

「いいえ。親子の関係は双方の意思に基づくの。産んでなくても、他人の遺伝子を持っていても、子供は子供なのよ。それは今に始まったことではない。歴史の始まった頃より、養子制度は存在していたわ」

「あなたがたが行おうとしていることは養子制度とは全く別のことだ」

「ええ。理解しているわ。だから何？」

「これから産もうとしている子はあなたがたの子供となり、そしてあなたがたの庇護《ひご》を受け、財産を相続する権利があるのか？」

「いいえ。この子には」わたしは自らの腹に手を当てた。「そのような権利はいっさい存在しないわ」

「それは無責任なことだとは思わないのか？」

「わたしはこの子を無事産む責任があるわ。だけど、それは依頼主に対する責任であって、この子に対する責任ではない。わたしたち夫婦はこの子の親ではないし、この子に対する責任はないの」

「親の子に対する態度として、そんなことが許されることだと思っているのか？」

「だから、わたしはこの子の親ではないのよ」

「子供を産んだものが親だ。そんなこともわからないのか？」

「産んだからといって、その子の親にはならない。そんなこともわからないの？」

話はいつも平行線。言葉では絶対にわかり合えない。なぜなら、それは論理の問題ではないから。

論理的であることは感情的であることより望ましい。だけど、論理を過信することは誉められたことじゃない。感情が論理に優先するなどというつもりは毛頭ない。だけど、すべての人間が論理的になれば互いに完全に理解しあえるというのは妄想に過ぎない。

論理の前に価値観がある。価値観が大前提なのだ。

自分のことばかり考えていては駄目だ。他人と協力すれば、他人もまた協力してくれる。情けは人のためならず。だから、利己主義者は他人の利益を考えなければならない。

思春期の頃、こんな理屈に触れると論理主義に傾倒してしまうのは仕方がないだろう。だけど、実際は違う。この理屈だと人は最終局面ではかならず利己的な行動をとることになる。災害現場で、他人に道を譲る人間は非論理的であることになる。では、なぜ災害現場で自らより他人の命を助ける人間たちが称賛されるのか？

それはそういう人間が増えた方が自分にとって得だと考えているから。

本当にそうだろうか？　あなたは、自己犠牲を行う人間を見て、心底感動していないのか？　あるいは、感動するあなた自身がどこかの利己主義者に洗脳されているのか？

議論の出発点が違っているのだ。価値観は論理では説明が付かないのだ。自分の利益を最優先するのも、他人の命を最優先するのも、それぞれの価値観なのだ。それは論理で決定できるものではない。

価値観とはつまり生きる目標であり、その目標を達成するために人は感情的であったり、論理的であったり、非論理的であったりする。だが、価値観そのものには論理は関係ない。

例えば、自分の利益ではなく、他人の利益でもなく、他人の苦痛を最優先する価値観を持ち、しかも高度に論理的な人物が存在したならば、彼はまさに悪魔のような苦痛を生み出すマシーンとなるだろう。彼は苦痛を生み出すために、生存し続けなければならず、そのためには見せ掛けの善意を示すことだろう。だが、最終局面で彼は他人の苦痛を選択することになる。最大多数の最大苦痛のためなら、彼は自分の身を投げ出してまでも、他人を不幸にすることを望むことだろう。

人間の行動を決定するのは、論理でもましてや感情でもない。価値観なのだ。自分以外の子供を産むことがその人間の価値観に反するなら、その人物を説得することは不可能だ。そして、彼らもまたわたしたちを説得することはできない。わたしたちの価値観では、自分の子供でない子供を産むことはなんら悪ではないのだから。

わたしたちは理論武装するのに疲れ果ててしまったのだ。そして、その行為の不毛さにも気付いてしまった。

わたしたちはただこう言えばよかったのだ。

「わたしは自分の子供ではない何かを産みます。そして、そのことを悪だと考えてはいません。そのことによって、自分に不利益が発生しても、です。あなたの意見は訊《き》いていません」

「いい話と悪い話がある」あの日、夫は暗い笑みを浮かべながら言った。

「今のわたしたちにこれ以上悪い話があるとは思えないわ」

「今の俺たちにはね。だから、まずいい話を聞いて少しだけ幸せになってから悪い話を聞くんだ」

「じゃあ、もう順番は決まっているのね。いい話って何？」

「金の算段がついた。うまくすれば、一年以内に借金が返せる」

「悪い話っていうのは、それがあなたの妄想だったってこと？」

「それほど、酷《ひど》い話じゃない」夫は暗い表情のまま続けた。「金を得るには条件がある」

「わたしを奴隷として売り飛ばすってこと？」わたしは少しおどけて言った。

「人によってはそれに近い話だと思うかもしれない」

「わたしに何をしろと言うの？」わたしは真顔になった。

「代理母になって欲しいという話がある」

「自分の子供も産んだことがないのに？」

「自分の子供も産んだことがないのに、だ」

「代償は？」

「俺たちがやり直せるだけの資金だ」

「わたしたちが失ったもの全部を？」

「それは無理な話だということはわかるだろう。だが、人生を一からやり直すことはできる」

「一から？」

「それは仕方がないだろう。不満なのか？」

「そうじゃなくて、ゼロからの出発じゃないの？　一ではなく」

「それは言葉の綾《あや》だ。ゼロだと思うなら、ゼロからでいい」

「詳しく聞かせてくれる？」

夫は依頼内容を詳しく聞かせてくれた。

依頼主は相当切羽詰っているようだった。だからこその大金だろう。

「どうだろう？　絶対に受けなくてはならない話ではない。俺としては、おまえの意思を尊重したい」

「わたしがやりたくないと言ったら、やらなくてもいいのね」

「当然だ」

「わたしが代理母になることはあなたにとっても恥になるかもしれないわ」

「ああ。構わない。だが、どうして恥なんだ？」

「酷い噂を立てられるわ。体外受精ではなく、直接精液を注入したんだろうって」

「まさか。そんなことあり得ないのは誰でもわかるだろう」

「そんな噂を立てる人間は、そんな簡単なこともわからないのよ。そして、そんなことが平気で言えるほど品性下劣なの」

「そんなことは耐えられないと言うのなら、仕方がない」

「誰が耐えられないなんて言った？」

「耐えられるのか？」

「今、考えているところ」わたしは真剣に考えていた。「報酬は相当に魅力的だわ」

「依頼主も病院も秘密は守ると言っている」

「守るつもりでも守れないかもしれない。いったい関係者はどれだけいると思うの？」

「その場合は損害賠償を請求するか？」

「元々の報酬にそれも入ってるんじゃない？　いろいろな場合を想定してね。きっと契約書に細かい字で、『損害賠償請求はできない』と書いてあると思うわ」

「もう一度交渉するか？」

「できそうなの？」

「この内容で駄目なら、他を当たると言っていた」夫は項垂《うなだ》れた。

「さっきも言ったけど、報酬は魅力的だわ」

「報酬はな」

「そして、新たな命を育《はぐく》むことができる」

「ああ。だけど……」

「自分たちの子でなくても、新たな命には違いないわ」

「命を産み出すのは喜びだということか？」

「できれば、最初に産むのは自分の子がよかったけどね。わたしたちに本当の子ができるまで待ってもらえるのかしら？」

「それは無理だ。依頼主は急いでいる」

「じゃあ、自分の子は後でいいわ」

「ということはつまり……」

「この話を受けるってこと。わたしは母になるわ」

「母じゃない」

「代理母だって、母には違いないわ」

「自分を産んだ子供の母だと認識するってこと？」

「それは拙《まず》いんでしょ？」

「そのことについては何にも言われていないが、きっと拙いんだろうな」

「わたしはちゃんと頭ですべてを理解しているから、その子のことを自分の子供だなんて思わないと思う。けれど、妊娠中はホルモンのバランスに感情が影響を受けるかもしれないから、普段からこの子が自分の子ではないと自分に言い聞かせることにするわ」

「それほど神経質にならなくていいんじゃないか？　胎児に愛情を持つことは自然なことなんだし」

「もちろん、愛情を持って育むわ。でも、その子はわたしの子ではない。これは重要なことなのよ」

「負担が掛かるのはおまえだ。おまえの好きな通りにすればいいよ」夫は暗い中にも少し安心したような表情を見せた。


その数年前、わたしたち夫婦は破産していた。

経営していた農場にある日、異変が訪れたのだ。

一頭の豚が足を引き摺《ず》っていた。雄の成獣だ。水疱《すいほう》が破裂し、傷になっていたのだ。すでに発熱しており、元気なく涎《よだれ》を垂らし続けていた。

二人は絶望した。

しかし、今から隔離すれば、なんとかなるかもしれない。

その豚は別の厩舎《きゅうしゃ》に隔離した。

そして、二人は悩んだ。

獣医を呼べば、県や国に報告が行くことになる。その時点でこの農場は終わりになる。養豚場ではなく、広々とした農場で豚を飼育するのは、コストでは割の合わないやり方だったが、付加価値を感じてくれる顧客がいくらかは付いてくれたおかげもあって、ぎりぎり経営が成り立っている状態だった。せっかくここまで漕《こ》ぎ着けたのだ。今、すべてを投げ捨てる決心をするのは容易ではない。

しかし、伝染病に対し、獣医師でもない二人が対応するには限界があることも明らかだった。もし、これ以上感染が広がった場合、その責は二人に帰することになるだろう。

二人は夜を徹して話し合った。

ひょっとすると、伝染病などではなく、ただの怪我か軽い皮膚炎なのかもしれない。このまま、一頭だけで収まれば、何事もなく農場は続けられる。

もし伝染病だとしても、他の豚には感染していないかもしれない。豚同士の接触は比較的多いが、ここの豚たちは常に外の環境に接しているため、病気に対する抵抗力も強いはずだ。このまま何も起こらない可能性も高い。

しばらく様子を見よう。もし、もう一頭発症したら、その時は獣医に連絡することを考えよう。それでも、おそくはないだろう。今、連絡したら杓子定規《しゃくしじょうぎ》な役人たちは無慈悲な命令を下すことだろう。

二日後、別の豚が発症した。雌の成獣と幼獣だった。

わたしたちはこの二頭も隔離した。

今、ワクチンを使えば、病気の拡散を食い止められるかもしれない。だが、ワクチンの使用は認められていない。ワクチンを使用することにより、豚には抗体ができてしまう。つまり、感染した豚と区別ができなくなってしまう。抗体を持つ豚が存在する限り、日本は清浄国とは見做《みな》されないのだ。感染した家畜および同じ厩舎の家畜は治療せず、すべて殺処分とする。それが国の方針なのだ。

人道的かどうかは関係ない。そうしないと一国の産業を守ることができないのだ。個々の畜産農家の経営や家畜の命など考慮している余裕はない。

それから三日たったが、新たな発症はなかった。最初に発症した豚も症状は軽くなっており、自然に治癒していくように見えた。

そんなとき、農場に獣医がやってきた。

「今日は調査にやってきました」獣医はにこやかに言った。「念のためです。最近、伝染病が隣県にまで入り込んできましてね。ここで何か変わったことはありませんでしたか？」

わたしは頭が真っ白になって、何をどう言えばいいかわからなかった。

夫も同じような状態のようで、二人は無言で立ち尽くしていた。

獣医はもう一度訊《き》き返してきた。

「いや。たいしたことではないんです。何か気付いたことがあったら教えてください」

「特に変なことではないんですが」夫は観念したのかぽつりぽつりと話しだした。「三頭ほど具合の悪いのはいます。ただ、もう治りかかっているので、診ていただくほどのことは……」

獣医には、このまま帰って欲しい。だけど、完全に嘘を吐《つ》くことはできない。

夫の言葉にはそんな迷いが込められていた。

「具合が悪い？　どんな症状ですか？　いや。直接見た方が早いですね。どこですか？」

「いや。症状なら説明します。わざわざ診ていただかなくても……」

「ここまで来たついでですから」

これ以上、押し問答を続ける訳にもいかない。夫は無言で隔離厩舎を指差した。

獣医は鼻歌を歌いながら、診察へと向かった。

そして、数分後、獣医は血相を変えて戻ってきた。「これは大変なことになった」

「伝染病ですか？」

獣医は頷《うなず》いた。「すぐに報告しなければならない」

「ちょっと待ってください」わたしは言った。「治療することはできるんでしょ？」

「治療？　この病気は治療しない。殺処分します」

「それはつまり安楽死ということですか？」

「安楽死できればいいんだが、何しろ数が多い。もちろんできるだけ、楽な死に方をさせてやりたいが……」

「やはり全頭ですか？」

「この農場は開放的な飼育方法をとっている。それが仇《あだ》になった。全頭に感染していると想定するしかない」

「結論を急ぎ過ぎなんじゃないですか？」犬は言った。「表面的な診察だけで、伝染病だとは確定できないでしょう。DNAのサンプルを調べてからでも遅くはないんじゃないですか？」

「DNAの検査には一週間以上掛かる。それまでに感染が広がっては手が付けられない」

「待ってください。今、全頭殺処分を行ったら、この農場はもうお終《しま》いではないですか？」

　獣医は肩を落とした。「まあ、当面再開はできないでしょうね」

「当面どころか、再開はもう不可能です。運転資金は借金でこさえているんです。出荷ができなくなったら、その時点で破綻《はたん》してしまいます」

「何らかの救済措置はあると思いますよ」

「何らかって何ですか？」

「借入金の返済期限を延ばして貰《もら》うとか、利率を下げて貰うとか。あるいは、一律の見舞い金が支払われるのかもしれませんよ」

「少しばかり利子を負けてもらったり、雀の涙ほどの金を渡して貰ったりしても、何にもなりませんよ」

「可哀そうだが、これは法律で決まっているんです」獣医は携帯電話を取り出した。

「見逃していただくことはできませんか？」わたしは地面の上で土下座した。「そんなことをしても誰も何も得しないじゃないですか？」

「ここから県内に伝染病が広がったら、どうするんですか？　あなたたちのような農家がもっと増えることになるんですよ」

「だから、殺処分なんか止めればいいんですよ。全部の農場や養豚場で殺処分を行わなければいいんです。病気は蔓延《まんえん》してもすぐに収束するでしょう」

　獣医は首を振った。「一度病気になった家畜の肉が売れますか？」

「人間には感染《うつ》らないんですから問題はないでしょう」

「味が落ちてしまう。それに、一度感染した肉は気味悪がって誰も買わないでしょう」

「価格設定によっては売れるはずです」

「その通り。そしてこの県の食肉はすべて買い叩《たた》かれることになる。それで事業を継続できますか？」

「それは難しいでしょう。でも、各農家が協力すれば……」

「それはあくまで感染豚を出してしまった農家の言い分です。まだ、感染していない農家にすれば、あなたたちは脅威なのです」

「我々は他の農家を敵に回してしまうと？」

「何の対処もしなければ、確実にそうなります」

「こっそり、ワクチンを使えばいいじゃないですか」夫は言った。「一々抗体を調べるようなことはしないでしょ」

「わたしがワクチンを購入すれば、すぐに公になる。それは役所に報告したも同然ですよ」

「では、もう方法はないのですか？」

「方法はあります。役所に報告して、指示を待つのです」

「全頭殺処分以外の指示がある可能性はありますか？」

獣医はしばし無言になった。「すみません。嘘を吐くことはできない。ここの豚はすべて殺処分になるでしょう」

夫は俯《うつむ》き、静かに泣き始めた。

わたしは夫の背中にそっと手を置いた。

獣医は携帯のボタンを押した。

その日のうちに獣医は殺処分を始めたが、とても一人では手に負えないようだった。薬殺を試みたのだが、どういう訳か豚たちは事態を察知しているようで、簡単には注射を受けてくれなかった。暴れまわり、注射器を飛ばし、何本も無駄にした。挙句の果てには獣医に噛《か》み付き、怪我をさせる有様だった。結局、一頭に注射するのに、十分近くかかっていた。

ようやく注射が終わった豚は異様に怯《おび》え、最後まで暴れまわり、おそろしい断末魔が厩舎《きゅうしゃ》に響き渡った。

おかげで、他の豚たちにもパニックが広がった。

「どういうことなんです⁉　安楽死ではないんですか？」わたしは金切り声で非難した。

苦しむ豚の様子に涙が止まらない。

「安楽死のつもりでしたが、豚の反応が予想外に激しかった。このやり方では、埒《らち》が明かないようです」獣医は血塗《まみ》れの袖《そで》で額の汗を拭《ぬぐ》った。

「では、どうするんですか？　我々は畜産農家で食肉処理業者ではない。殺処分には全く不慣れなのです」夫が尋ねた。

「警察の応援を頼みましょう」

「警察？　警察に豚の扱いができるのですか？」

「機動隊なら、緊急時の対応ができるはずです」

「まさか、銃で撃ち殺すんですか？」

「警察が無暗《むやみ》に発砲することはできません。食肉処理に使う電気スタナーを使用します」

「それは安楽死なんですか？」

「そのはずです」獣医の目は血走っていた。「わたしだって、動物を苦しめたくはない。動物を殺したいから獣医になったのではないのです。……こんなことなら、人間の医者になればよかった。人間ならどんなに恐ろしい伝染病でも感染の疑い程度で安楽死させることはないのに」

　その時、わたしたちは獣医もまた苦しんでいるのだとわかった。

　ひと目で機動隊員たちが躊躇《ちゅうちょ》しているのがわかった。

　畜産業者でない人々が普段目にする豚は単なる肉片でしかない。大人しくじっとしている小動物を、まるでおもちゃの電源を切るように処置をしていく。そんなイメージを持っていたのだろう。

　だが、ここにいる豚は生命力に満ちている。死を拒む圧倒的な力強さを持っている。これを処分するのは、肉体的にも精神的にも多大なエネルギーを要する。

　そう。普段、人々は忘れているのだ。自分たちに代わって、殺処分を行う人たちの苦労を。彼らが動物たちを安楽に殺処分してくれているおかげで、人々は何の悲しみも持たずに明るく屍肉《しにく》を貪《むさぼ》ることができる。

　生きようとする動物を殺害し、その肉を自らの糧とする。人間のやっていることは野生の肉食動物となんら変わりはない。ただ、殺す現場と食べる現場が遠く離れているため、ふだん自分たちが行っている食事の意味を忘れているだけなのだ。人々は肉となってくれている家畜や、家畜を肉にしてくれている食肉業者に感謝を忘れてはいけない。

　隊員たちはおそるおそる電気スタナーの電極棒を豚の頭部に当てる。だが、突き刺しが甘いと充分な電流が流れず、豚は暴れ出す。隊員たちは反撃に驚き、思わず後退《あとずさ》る。豚は豚肉ではない。進んで肉になってくれる訳ではない。彼らは生きたいのだ。人間のために犠牲になろうという意思は持っているはずがない。

「すみません。手を貸していただけませんか？」隊員はわたしたちに助けを求める。

「我々はまだこのような作業に慣れていないのです」

人々は食肉加工が農場で行われているような錯覚を持っている。それは家畜の殺処分が人々の生活から隔絶していることの証拠でもある。人々は食肉の起源を遠ざけ、愛らしい動物と食肉との関係を思い出さないように常に努力しているのだ。

わたしたちの仕事は家畜を繁殖させ、育《はぐく》むことだ。わたしたちが殺処分に慣れている理由がない。

だが、夫は反論せず、無言で豚の身体を拘束した。そして、顔を背ける。

またも、殺処分は失敗し、豚はさらに激しく暴れ出した。

「何か、こつのようなものはありませんか？」隊員は震える声で言った。

「知りません」夫はその場に崩れ落ちるように座り込んだ。「殺したことはありませんので」

「申し訳ありませんでした」隊員は夫の言葉が意味することにはっと気付いたようだった。「辛《つら》いなら、部屋の中に戻っていただいて結構ですよ」

「いいえ、ここで見ています。豚もあなたたちも苦しんでいるのに、わたしたちだけが逃げる訳にはいきません」

隊員は深呼吸すると、奇声を発しながら、豚に電極棒を突き立てようとした。

豚は激しく反撃する。死の恐怖を覚え、自衛のために隊員と戦う決心をしたのだろう。

頭の両脇から血を流し、そして憤怒《ふんぬ》の目で隊員を睨《にら》みながら、それでも泣き叫び、決して倒れなかった。

「もうやめてください!!」わたしは耐えきれず、叫んでしまった。「これ以上、この子を苦しませないで。こんな機械なんか使わずに、ひと思いに銃で撃ち殺してやってください」

「銃は装備していませんし、仮に持っていたとしても家畜に対し、使用することはできません」

「じゃあ、ガスか何かでいっきに殺してください」

「ガスを使うには密閉された空間が必要です」

「戦争のときは開放された空間で毒ガスを使っているじゃないですか」

「殺処分には毒ガスは使いません。二酸化炭素で窒息させるのです。開放された空間では、酸素が供給されてしまうので、窒息しないのです」

「では、床に水を撒《ま》いて、いっきに感電させてください」

「これだけの豚をいっきに感電させられるような大電流を流したら、火事になってしまいます」

「では、どうするんですか？」

「こうやって、一頭ずつ処分していくしかありません」隊員は口をへの字に曲げ、三た

び豚に挑んだ。

作業は凄惨《せいさん》を極めた。逃げ惑い、暴れまわる豚たちを、悲痛な叫び声を上げながら、押さえ付け、電流を流す機動隊員たち。流血し、痙攣《けいれん》しながらも懸命に生きようとする豚たちはそれでも、一頭、また一頭と倒れていった。

泥塗れになった隊員たちは重機を使い、地面を掘り返し、豚の死体を放り込む大きな穴を作った。

重機で運ぶ途中、息を吹き返す豚が少なくなかった。

よた付きながら、逃げる豚を転がるように取り押さえ、電気スタニングを繰り返す。

頭の中で、豚の悲鳴と人間の悲鳴が木魂《こだま》し、もう何が何だか、豚が人だか、人が豚だかわからなくなっていった。

気が付くと、自分の農場で荒々しく残酷な虐殺が繰り広げられていた。そんな錯覚を何度もした。

何日も何日もこんな地獄が続いた。いっこうに死には慣れなかった。それどころか、豚の断末魔が時と共により深く胸に突き刺さるようになっていった。

ようやくすべてが終わったとき、わたしたちも機動隊員たちも獣医たちも、すっかり

気力を失い、ゾンビのようにただ意味もなくのろのろと農場内を歩き回っていた。

まるで、生き残った方が死んでいるかのようだった。


わたしたちの戦いは結局無駄だった。伝染病は収まらなかった。感染の対象となる動物や、初期の経過こそ口蹄疫《こうていえき》に酷似していたが、その後の経過はまるで違っていた。

病状が収まる、もしくは小康状態になったと思われたほぼ一週間後に豚や牛たちは突然苦しみだし、全身の穴という穴から大量に出血し、最後はどろどろの膿に塗れながら、死に絶えていった。極めて稀《まれ》に死なずに生き延びるものもいたが、そのような個体は生殖能力を完全に失っていることが確認された。卵巣や子宮が機能しなくなっていたのだ。

しかも、恐ろしく感染力が強かった。ある厩舎で感染が確認された翌日、なんの前触れもなく一キロメートル離れた別の厩舎でこの病気が確認された。感染ルートは全くの未知だった。ウイルスが風に乗って飛び散っているとしか思えなかった。

政府が特別立法に向けて重い腰を上げたとき、すでに事態は手遅れになっていた。清浄かつ健康な家畜を発見し次第、隔離するようにという指示が出たが、もはや清浄な豚や牛が日本に残っているのかさえ不明だった。

とりあえず各地方自治体は発症していない家畜を隔離し始めた。

だが、その作業中にも健康だと思われた家畜たちは次々と発症を始める。

もはや殺すことに意味があるのかすらわからなかったが、警察、時には自衛隊までもが出動して、家畜の殺処分が続いた。

日本にそろそろ豚や牛やその他の家畜がいなくなるころ、学者の間から無暗に殺処分を行うことへの警鐘が鳴らされた。

多くの家畜が感染すればする程突然変異などにより、この病気に対する免疫を獲得するものが現れる確率が高い。つまり、殺処分を行わずに生き延びた家畜の中からこそ、この病気に対する抵抗手段が見いだせるのに違いないとのことだった。

だが、もう何もかもが遅かった。

免疫を獲得した豚はいたのかもしれないし、いなかったのかもしれない。だが、処分された今となっては、もはや確認のしようもなくなっていた。

恐れおののいた政府は諸外国に対し、種の保存に向けた緊急対策の呼び掛けを行った。だが、すでに諸外国でもほぼ同じく壊滅状態だった。各国は非常事態宣言を出したが、初動が遅すぎた。口蹄疫と似ていたため、気が付いた時にはすべてが手遅れだった。

家畜も、野生動物も、多くの鯨偶蹄目《くじらぐうていもく》たちはひっそりと絶滅していった。ただ、不幸中の幸いは人間に感染してもいっさい症状が出ないことだった。豚も牛もこの世界から旅立っていった。

人類を後に残して。


案ずるより産むが易し、とはよくいったものだ。

自分の卵細胞を使った体外受精は相当母体に負担が掛かるが、代理母出産の場合、単に胚《はい》移植を行うだけなので、負担は普通の妊娠とほぼ同じだ。

子供は三つ子だった。これは予想の範囲内だ。減胎手術も検討したが、結局そのまま産むことに決めた。別に依頼者に無理強いされたのではない。宿った命は一つも無駄にはしたくなかったのだ。

秘密はすぐに広がった。誰かがネットに書き込み、その後マスコミが騒ぎ始める。

予想通りだった。わたしたちは慌てることはなかった。

そして、あっという間に産み月に入った。


胎児は激しく動いた。

わたしは夫の手を取り、掌《てのひら》を腹に当てさせた。

「妙な気分だよ」夫は言った。「俺は父親でもないのに、心を動かされる」

「わたしだって母親じゃないわ」

「でも、おまえの子宮の中にいるんだから、全く他人という訳でもあるまい」

「そうね。この子たちはわたしから栄養を得ているのね。だけど、やっぱりわたしの子供じゃない。遺伝的な繋《つな》がりは全くないもの」

「本当に完全に割り切っているのか？」

「どうかしら？」わたしはベッドに横になり、目を瞑《つむ》り、両手を腹に当てた。そして、わたしの体内にいる別の生き物に精神を集中した。

確かに、愛《いと》おしさを感じる。だけど、これは自然な反応なのかもしれない。人間もまた生き物である以上、ホルモンに支配されても不思議ではない。頭では、彼らが自分の子供でないことは理解しているし、過剰な愛情を持つことは危険であることも承知している。しかし、この込み上げるような、幸福感と期待感はどうこうすることはできない。

本当にこの感情を断ち切ることがわたしたちの幸せに繋がるのだろうか？ むしろ、生物としての本能に従う方が楽なのではないのかと感じた。

「割り切っているわ」わたしは答えた。「わたしはこの子たちがわたしの子でないことを完全に理解している。けれど、それとは別にこの子たちにある種の感情を抱いていることも否定できないの」

「そのようなことが起きるのは最初から想定していたと思うけど」

「その通りよ。だから、自分がそんな感情を持っていることに気付いても、全然驚いていないわ」

「それで、どうするんだ？」

「どうも。わたしはこの感情を受け入れる」

「大丈夫なのか？」

「わたしはこの子たちを愛するけれども、この子たちはわたしのものではなく、手放さなければならないことは理解しているし、実際に手放す決心をしている。これで安心した？」

「そんなに簡単に感情が制御できるものならね」

「いっそのこと、単純に感情を抑圧しろということ？」

「薬で愛情を抑えることは可能らしい」

「無理に母性を抑圧したりしたら、本来の性格にまで影響が及ぶかもしれないわ。母性はわたしの人格の一部なんだから、自然のままにして欲しいわ。それに、わたしたちがこの感情を受け入れる理由はもう一つあるわ」

「わたしたち？　俺もかい？」

「わたしたちには生命に対してのトラウマがある」

「目の前で多くの命を失ったことを言っているなら、あれは俺たちのせいじゃない」

「それもまた理解しているわ。でも、目の前で苦しみながら死んでいく動物たちをなすすべもなく見ていたことは理屈では処理しきれない体験よ」

「あんなことが起こる前、俺たちは毎日肉を食べ続けてきた。だから、俺たちは間接的に動物たちを殺し続けてきたんだ。畜産農家は動物を育てるだけで殺しはしないというのは、言い訳に過ぎない。それは消費者が、食べるだけで殺してはいない、というのと何ら変わらない屁理屈《へりくつ》だ。だから、あの時に特別な体験をした訳じゃないんだ。あれは俺たちの日常の延長に過ぎない」

「そうね。全くその通りだと思うわ。だけど、その理屈はわたしの――そして、たぶんあなたの——原始的な感情を納得させることに成功していない」

「そうかもしれないけど、それはどうしようもないだろう。それとも、二人でカウンセリングにでも掛かるか？」

「わたしたちは多くの生命を救うことができなかったけど、ここに新たな生命を産み出すことができる。違う？」

「贖罪《しょくざい》ということか？」

「贖罪ではないわ。わたしたちは罪を犯した訳じゃないもの。だけど、これは埋め合わせになる」

「生命を埋め合わせるというのはどうだろうか？」

「抵抗を感じる人は多いでしょうね。でも、他人がどう思おうとも気にする必要はないわ。わたしたちは多くの命を救うことができなかったけど、ここに新たな命を産み出すことができた」

「主におまえの功績だな。俺は何もしなかった」

「妻を代理母にするのって、簡単な決心なの？」

「全く簡単じゃない。不謹慎だが、妻を別の男に差し出すのに匹敵するぐらい心が痛んだ」

「あら。そんなに屈辱的に思っていたの？」

「屈辱的だなんてひと言も言ってないだろ」

「とにかくあなたの苦痛は新たな生命を産み出すことで実を結ぶのよ」

「三つの命が失った何百もの命の代わりになるだろうか？」

「命を天秤《てんびん》にかけることはできないわ」わたしは幸福感に包まれ、腹部を撫《な》でた。「だけど、こう考えることもできるわね。この子たちは新たな種だと」

「種？」

「生命は継続する。親から子へと引き継がれる。わたしたちがやったことが先例となり、後に多くの人々が続くことになったら、わたしたちが産み出したのはこの子たちだけではなく、何百、何千、何万の生命だということになるの」

「そんなふうに思えば、気が楽になるというんだな」

「思ってるだけじゃなくて、実際にそうなるのよ」

「そうなればいいな」夫はまたわたしの腹部に手を置いた。「もうすぐ役目は終わる。そして、報酬を貰《もら》ったら、ゆっくりと考えよう。俺たちがやったことの意味と、そしてこれから何をすべきかを」

「これから？」

「俺たちの本当の子供でも作るか？」

「それもいいかもね」

あるいは……。

わたしの頭の中に新たな希望の光が芽生え始めていた。

そして、小さな子供たちが誕生した。

三頭ともとても健康だった。

正式な名前はPX－1とPX－2とPX－3だったが、わたしたちが付けた愛称は「ポルコ・ロッソ」と「ぶりぶりざえもん」と「ぶーりん」だった。そして、それがマスコミでは本名に準じて扱われるようになった。

豚の受精卵はほんの僅《わず》かに残っていたが、それを着床できる健康な豚の子宮は一つも残っていなかった。

そこで目を付けたのが人間の子宮だったのだ。

以前より、豚と人間の臓器はよく似た大きさだったことから、豚の臓器を人間への移植用に使うことが提案されていたが、今回はその発想の逆転だった。

人間の子宮を使うことの最も有利な点はその数が極めて豊富なことだった。豚と牛と羊と山羊《やぎ》が壊滅した今となっては、地球で最も多い大型動物の子宮は人間のそれだったのだ。特に先進国では少子化が進み、数十億にも及ぶ人間の子宮は殆《ほとん》ど使われずに休んでいる状態なのだ。

これを子豚の生産に使うことができれば、短期間で大量の豚を生産することができ、近い将来、豚から豚を産み出すことができるようになるだろう。

もっとも、豚に豚を産ませるよりも、人間に豚を産ませる方がより効率的だという考え方もある。子供を産む雌豚は妊娠して出産する以外は単に食って寝るだけだが、妊娠している人間の女性は様々な生産的な仕事ができるからだ。

わたしはポルコを、夫はぶりぶりざえもんとぶーりんを抱いて、記者会見に挑んだ。

「その子豚たちはあなたの子供なのですか？」ある男性の記者は人々が最も知りたいであろう疑問を無神経かつ素直に口にした。

「それは『誰それの子供』という言葉の定義によります」

「失礼。わたしが訊《き》きたいのはそういうことではないのです。あなたはその子豚を自分の子供だと感じているかということです」

「だから、その質問に対してもまず『自分の子供』の定義を教えてください」

「最後まで定義論で逃げるつもりですか？」

「逃げるつもりはありません。質問の意味が不明確だと言っているのです」

その記者は不服げに席に座った。

女性記者が手を挙げた。「あなたはその子豚に愛情を感じていますか？」

わたしは産着《くる》に包まれているポルコとぶりぶりざえもんとぶーりんに接吻《せっぷん》した。「自分の体内で育《はぐく》んだ子供を愛するのは変ですか？」

「じゃあ、あなたは自分をその豚の親だと……失礼、不明確な質問では拙《まず》いですね。あなたとその子豚たちの間に法的な親子関係を構築すべきだとお考えですか？」

「それはナンセンスでしょう。人間以外の動物に人権はありません。もっともペットに財産を相続させる物好きはいますが、それは単なる道楽の話ですね」

「あなたはその子豚に財産を相続させる気はありますか？」

「まさか、そもそもこの子豚は依頼主――食肉用家畜復活財団――の財産です。契約上もそうなっています。財産権は持ち得ません」

「つまり、その子豚は実験材料になるのですね」

「そうです」

「あなたはそれを承諾しているのですね」

「当初からそういう契約です」

「その子豚を愛しているのに」

「愛しているのに、です」

「矛盾していませんか？」

「わたしはあなたのために愛する子供を捧《ささ》げるのです」

「何をおっしゃっているのかわかりません」

「あなたは肉を食べたくはないですか？」

「ええ。それは、もちろん」

「わたしだって、そうです。そこの子たちはそのような要求を持つ多くの人類のために捧げられるのです」

「肉を食べたいというのは、単なる我儘《わがまま》だとは思いませんか？」

「さあ。我儘でも、我儘でなくても、わたしは気にしませんが」

「わが子の命が懸かっているのに？」

「人間の欲求は家畜の生命に優先しますから」

「誰が決めたのですか？」

「人類の総意です」

「ベジタリアンもいますよ」

「一部の少数意見を取り上げたら、総意というものは成立しなくなりますよ」

「あなたはその子豚を愛しているけれど、豚の命よりも人間の快楽を優先すべきだから、実験材料にしても構わない、とそうおっしゃるんですね」

「その通りです」

「批判されるかもしれませんよ」

「批判していいのはベジタリアンだけです。でも、わたしはベジタリアンに批判されても気にしません。あなたも気にしないですよね。そして、大多数の肉食主義者の人々も気にしないですよね」

「わかりました。どうやら、わたしたちは大切な自らの子を我々に捧げてくれるあなたがたに感謝しなければならないようです」女性記者は拍手をした。

そして、拍手は会場全体に広がった。

「これからどうされるのですか?」別の記者が尋ねた。「自分たちと遺伝的な繋《つな》がりを持つ子供を作る計画はあるのですか?」

「ええ。いつかは」

「その点については、妻とも相談中でして……」夫が話し始めた。

「その前にもう一つだけやっておきたいことがあります」わたしは夫の言葉を遮った。

「いったいなんですか?」

「あなた、豚肉だけで我慢できますか? 牛肉も食べたいと思いませんか?」

「それってつまり……」

技術的には相当難しい挑戦になるだろう。だが、不可能じゃない。わずかな遺伝子操作と外科的な処置で対応できるはずだ。

イヴ、マリア、それとも、くだんの母か。

なんと呼ばれるかはわからないが、わたしはあらたな種族の母となる。

それだけは確かなのだ。

初出一覧

玩　具　『こんなのはじめて』マッパノベルズ／興奮社、二〇一六年（同人誌）
逡巡の二十秒と悔恨の二十年　『二十の悪夢　角川ホラー文庫創刊20周年記念アンソロジー』角川ホラー文庫、二〇一三年
侵略の時　『ホラー短編傑作選　兇〈惨〉』キリック、二〇一三年配信（電子書籍）
イチゴンさん　「小説新潮」二〇一五年八月号
草食の楽園　『SF　JACK』日本SF作家クラブ編　角川書店、二〇一三年
メリイさん　「ジャーロ　No.58」二〇一六年十一月配信（電子雑誌）
流れの果て　「月刊アレ！」二〇一三年十月号（電子雑誌）
食用人　「小説新潮」二〇一五年十一月号
吹雪の朝　『毒殺協奏曲』アミの会（仮）編　原書房、二〇一六年
サロゲート・マザー　『NOVA9　書き下ろし日本SFコレクション』大森 望責任編集　河出文庫、二〇一三年

逡巡《しゅんじゅん》の二十秒《にじゅうびょう》と悔恨《かいこん》の二十年《にじゅうねん》

小林泰三《こばやしやすみ》

角川ホラー文庫　22888

令和3年10月25日　初版発行

発行者――堀内大示
発　行――株式会社KADOKAWA
〒102-8177　東京都千代田区富士見2-13-3
電話 0570-002-301（ナビダイヤル）
印刷所――株式会社暁印刷
製本所――本間製本株式会社
装幀者――田島照久

ISBN978-4-04-111993-8　C0193

角川文庫発刊に際して

角川源義

第二次世界大戦の敗北は、軍事力の敗北であった以上に、私たちの若い文化力の敗退であった。私たちの文化が戦争に対して如何に無力であり、単なるあだ花に過ぎなかったかを、私たちは身を以て体験し痛感した。西洋近代文化の摂取にとって、明治以後八十年の歳月は決して短かすぎたとは言えない。にもかかわらず、近代文化の伝統を確立し、自由な批判と柔軟な良識に富む文化層として自らを形成することに私たちは失敗して来た。そしてこれは、各層への文化の普及滲透を任務とする出版人の責任でもあった。

一九四五年以来、私たちは再び振出しに戻り、第一歩から踏み出すことを余儀なくされた。これは大きな不幸ではあるが、反面、これまでの混沌・未熟・歪曲の中にあった我が国の文化に秩序と確たる基礎を齎らすためには絶好の機会でもある。角川書店は、このような祖国の文化的危機にあたり、微力をも顧みず再建の礎石たるべき抱負と決意とをもって出発したが、ここに創立以来の念願を果すべく角川文庫を発刊する。これまで刊行されたあらゆる全集叢書文庫類の長所と短所とを検討し、古今東西の不朽の典籍を、良心的編集のもとに、廉価に、そして書架にふさわしい美本として、多くのひとびとに提供しようとする。しかし私たちは徒らに百科全書的な知識のジレッタントを作ることを目的とせず、あくまで祖国の文化に秩序と再建への道を示し、この文庫を角川書店の栄ある事業として、今後永久に継続発展せしめ、学芸と教養との殿堂として大成せんことを期したい。多くの読書子の愛情ある忠言と支持とによって、この希望と抱負とを完遂せしめられんことを願う。

一九四九年五月三日

玩具修理者

小林泰三

ホラー短編の傑作と名高い衝撃のデビュー作!

玩具修理者はなんでも直してくれる。どんな複雑なものでも。たとえ死んだ猫だって。壊れたものを全部ばらばらにして、奇妙な叫び声とともに組み立ててしまう。ある暑すぎる日、子供のわたしは過って弟を死なせてしまった。親に知られずにどうにかしなくては。わたしは弟を玩具修理者のところへ持っていくが……。これは悪夢か現実か。国内ホラー史に鮮烈な衝撃を与えた第2回日本ホラー小説大賞短編賞受賞作。解説・井上雅彦

角川ホラー文庫

ISBN 978-4-04-347001-3

肉食屋敷

小林泰三

恐ろしくも病みつきになる4つの奇妙な物語

ジュラシック・パークに刺激された研究者が、6500万年前の地層の中にあるＤＮＡから地球外生命体を復元してしまう「肉食屋敷」、西部劇をモチーフにゾンビの世界を描いた「ジャンク」、人間の一途な愛が恐怖を生み出す「妻への三通の告白」、自分の中にあるもうひとつの人格が犯した殺人に怯える「獣の記憶」。現実のちょっと向こう側に渦巻く恐怖の世界を創り上げた傑作短編集。

角川ホラー文庫

ISBN 978-4-04-347003-7

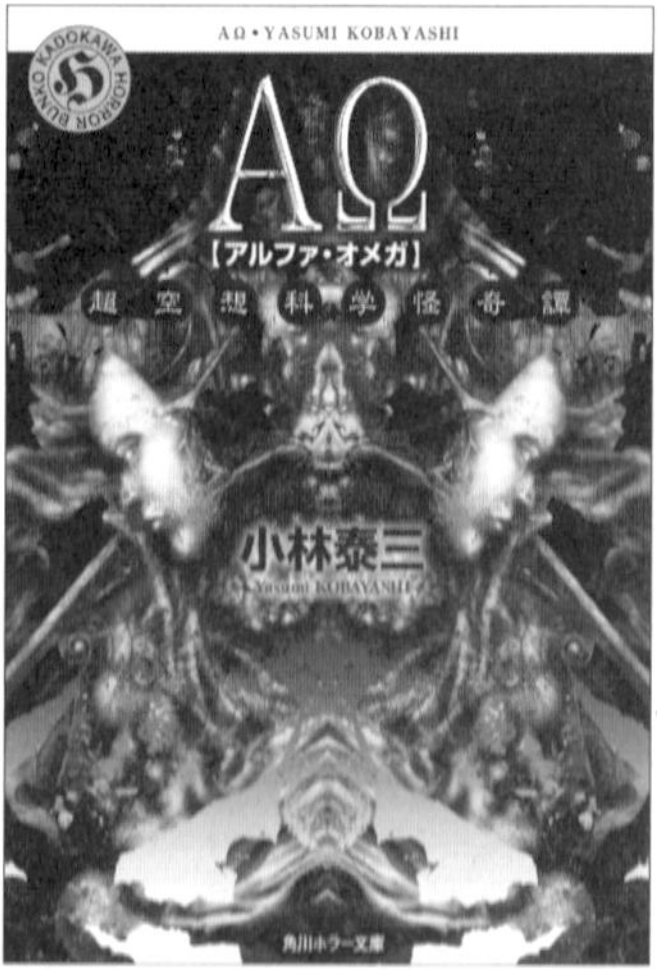

AΩ

超空想科学怪奇譚

小林泰三

謎の生命体“ガ”とは？

旅客機の墜落事故。乗客全員が死亡と思われた壮絶な事故現場から、諸星隼人は腕1本の状態から蘇った。一方、真空と磁場と電離体からなる世界で「影」を追い求める生命体“ガ”は、城壁測量士を失い地球へと到来した。“ガ”は隼人と接近遭遇し、冒険を重ねる…。人類が破滅しようとしていた。新興宗教、「人間もどき」。血肉が世界を覆う——。日本SF大賞の候補作となった、超SFハード・アクション。

角川ホラー文庫

ISBN 978-4-04-347006-8

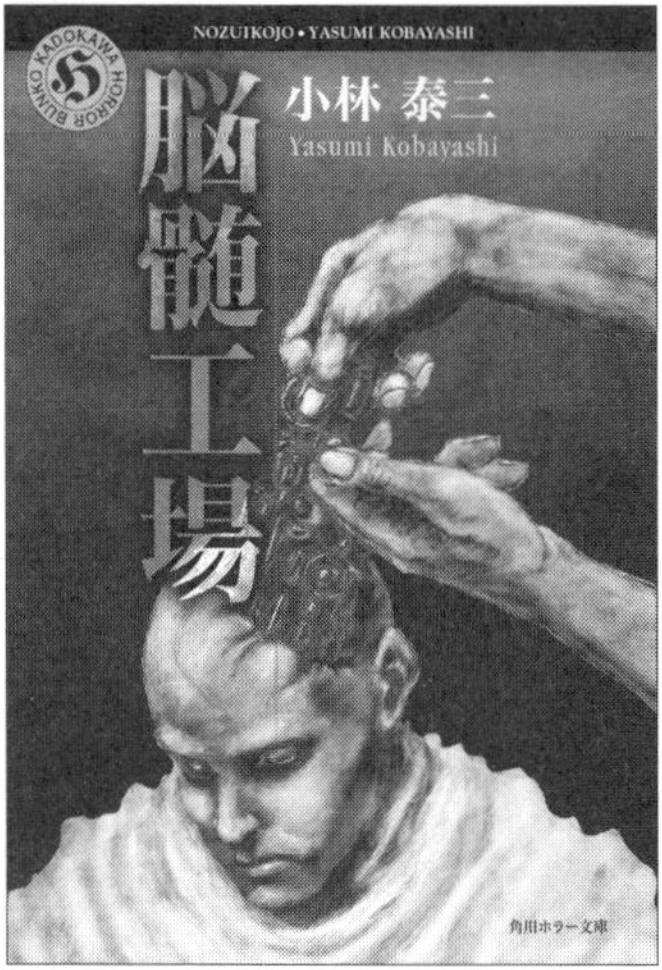

脳髄工場

小林泰三

矯正されるのは頭脳か、感情か。

犯罪抑止のために開発された「人工脳髄」。健全な脳内環境を整えられることが証明され、いつしかそれは一般市民にも普及していった。両親、友達、周囲が「人工脳髄」を装着していく中で自由意志にこだわり、装着を拒んできた少年に待ち受ける運命とは？
人間に潜む深層を鋭く抉った表題作ほか、日常から宇宙までを舞台に、ホラー短編の名手が紡ぐ怪異《グロ》と論理《ロジック》の競演！

角川ホラー文庫

ISBN 978-4-04-347007-5

忌憶

小林泰三

狂気の世界へと誘う禁忌の三重奏

何をやってもうまくいかず、悲惨な生活を送る直人は、幼い頃よく見た夢の中を彷徨う。直人の恋人・博美は、腹話術に妄執する男の姿に幻惑される。直人の親友・三吉は、記憶障害となり人生の断片をノートに綴る…。彼らの忌まわしき体験は、どこまでが現実で、どこまでが幻想なのか。
著者初の連作ホラー。

角川ホラー文庫

ISBN 978-4-04-347008-2

ネフィリム

超吸血幻想譚

小林泰三

最強の吸血鬼をめぐるダークファンタジー！

古《いにしえ》より吸血鬼は存在していた。人間の血を吸いひっそりと――。最強の吸血鬼と怖れられたヨブは、暴漢に襲われていた少女・ミカを救う。彼女の純真な心に魅かれたヨブはミカとの約束で血を吸うことを禁じた。だがそのために力を失ったヨブを屈強の者が狙う！ 妻と娘の復讐のために吸血鬼殺戮組織に入隊した人間・ランドルフ。吸血鬼を喰らい強力なものへと進化を遂げる追跡者《ストーカー》・J。この三つ巴の戦いから壮大な神話が幕開く。

角川ホラー文庫

ISBN 978-4-04-347009-9

人造救世主

小林泰三

謎の組織による禁断の計画とは!?

女子大生のひとみは、留学生のジーンと共に古都の寺院を訪れていた。そこに西洋風の同じ顔を持つ者たちが突如出現し、建造物を破壊し始め、ひとみ達にも襲いかかる。二人の窮地に現れたのはヴォルフという謎の男。ヴォルフは単騎、その集団に戦いを挑むが……。寺院を破壊する謎の集団の目的は？　そして〈一桁《ひとけた》〉と呼ばれるヴォルフの正体とは!?　人類の存亡を賭けた未曾有のダーク・オペラシリーズ、ここに開幕！

角川ホラー文庫

ISBN 978-4-04-347011-2

百舌鳥《もず》魔《ま》先生のアトリエ

小林泰三

身の毛もよだつ奇想と予想を裏切るラスト！

「あなた、百舌鳥魔先生は本当に凄いのよ！」妻が始めた習い事は、前例のない芸術らしい。言葉では説明できないので、とにかく見てほしいという。翌日、家に帰ると、妻がペットの熱帯魚を刺身にしてしまっていた。だが、魚は身を削がれたまま水槽の中を泳ぎ続けていたのだ！　妻が崇める異様な“芸術”は、さらに過激になり……。表題作の他に初期の名作と名高い「兆」も収録。生と死の境界をグロテスクに描き出す極彩色の７編！

角川ホラー文庫

ISBN 978-4-04-101190-4

人外サーカス

小林泰三

吸血鬼vs.人間。命懸けのショーが始まる！

インクレディブルサーカス所属の手品師・蘭堂《らんどう》は、過去のトラウマを克服して大脱出マジックを成功させるべく、練習に励んでいた。だが突如、サーカス団が吸血鬼たちに襲われる。残忍で、圧倒的な身体能力と回復力を持つ彼らに団員たちは恐怖するも、クロスボウ、空中ブランコ、オートバイ、アクロバット、猛獣使いなど各々の特技を駆使して命懸けの反撃を試みる……。惨劇に隠された秘密を見抜けるか。究極のサバイバルホラー！

角川ホラー文庫

ISBN 978-4-04-110835-2